小説 星守る犬

原田マハ
[原作]村上たかし

双葉文庫

ほしまもるいぬ【星守る犬】

犬が星を物欲しげに見続けている姿から、
手に入らないものを求める人のことを表す。

小説　星守る犬

ある日のニュース

そのニュースを私が目にしたのは、まったくの偶然だった。

私は愛車の一九六四年型ブルーバード１２００の運転席にいて、生まれて初めて訪れた町のスクランブル交差点にさしかかっていた。

交差点の十メートルほど手前で、信号が黄色に変わった。私は焦らずに、ゆっくりとブレーキを踏んだ。これが加速のいい最新型のスポーツカーか何かだったら、迷わずアクセルを踏み込んだことだろう。信号待ちをしていた人々が交差点にあふれる一瞬をかわし、ものの三秒で走り抜けていたことだろう。

けれど律儀で高齢な私の相棒に、そんなアクロバットをやらせるわけにはいかない。

ブルーバードは横断歩道の手前三メートルの地点で、きっちりと停止した。

不思議なものだ。あのとき、ほんの十秒早かったら——そう、実際は、私にほんの少しの冒険心があれば、相棒に多少の無理をさせる覚悟でアクセルを踏んだって間に合うタイミングだった——私は、あの交差点に停まることはなかった。そして、固くて重たいステアリングに両手を置いて、所在なくフロントガラスの向こうを眺めたりすることもなかったのだ。

その町は、とある地方の県庁所在地だった。私がケースワーカーとして勤める福祉事務所がある町の隣県で、車で二時間ほどのところにあったが、ついぞ足を踏み入れたことがなかった。その日は、わが町在住の「身寄りのない」高齢の女性に親族がみつかり、その親族が住む町へとおばあさんを連れていったのだった。

いわゆる社会的弱者のケアが私の仕事だ。それはつまり、低所得者や高齢者、困っている人たちのための「なんでも屋」的業務も担当する、ということだ。

甥《おい》を名乗る中年の男におばあさんを引き合わせたが、おばあさんの年金についてしつこく質問されたのが気になった。悲しいことなのだが、そういう輩《やから》も多いのだ。遠縁の高齢者の身元引受人となって、年金を狙うような輩が。しかし、私たちケースワーカーは、年金の使い道についてまで、あれこれ指導する立場にはない。

おばあさんは、帰路につく私を見送ってくれた。何度も何度も頭を下げ、最後に両手を合わせた。笑っているような、泣いているような顔をしていた。

ともかく、私は、少々気の重い業務を終え、また二時間かけて帰るところだった。そうして、その町でいちばん大きな交差点にさしかかったのだ。

その朝、梅雨明けを知らせる天気予報がカーラジオから聞こえてきて、夏が始まったばかりだった。交差点の四つ角に立ち並ぶデパートや商業ビルの上に、暮れなずむ空が広がっている。色とりどりの夏服や帽子が行き交う向こう、ビルの壁面に、縦長の電光掲示板があった。オレンジ色の大きな文字が、下から垂直に立ち上り、次々に消えていく。私が見やったときは、ちょうどニュースが流れていた。

見るともなしに、私はその文字を眺めた。ただ、なんとなく。そう、夜空を見上げたら星がそこにあった。そんな感じで。

……原野に放置されていた車の中から、身元不明の男性の白骨体が発見された。その遺体近くで……

歩行者用の青信号が、ちかちかと点滅するのを視界の端に感じていた。私の視線は、なおも電光ニュースの文字を追う。

……その遺体近くで、同じく一部白骨化した犬の死体も発見された。男性の遺体は死後一年以上が経過、犬の死体は死後三ヶ月。

パパッ、パアン。

後続車のクラクションが響き、はっとした。

信号が青に変わっている。あわててギアを入れ、急発進した。私の哀れな相棒は、バスン、とエンジンを鳴らして、懸命に走り出してくれた。

繁華街を抜けて、国道を西へと向かう。重たいステアリングを握る手のひらが、うっすらと汗ばんでいた。

ふうん。白骨体が車の中で発見、か。

自殺か他殺か、どっちなんだろうな。

頭の中で、さっき見たニュースがずっと引っかかっていた。電光掲示板で見た、無味乾燥なオレンジ色の文字。ニュースの出どころは地元紙か何かなのだろう。電光掲示板で配信するに当たって、誰かがあのニュースを選び出し、一〇〇文字程度にまとめたのだろう。

けれど私には、なぜそのニュースがわざわざ選ばれて、流されたのか、わかるような気がした。

取材した人物も、ニュースを配信した人物も、車の中の白骨体に重大な事件性を嗅《か》ぎ取ったわけではない。事件性の大小とは別に、彼らが興味を示したのは、白骨体の傍らにあった犬の死体のほうではないか。

自殺か他殺か、どっちなんだろうな。

そう思いながらも、実のところはどっちでもよかった。

原野に打ち捨てられた車。その中で息絶えた男。

そのそばでうずくまっていた、一匹の犬。

どういう理由からか、男は車の中で人生を終えた。

どういう末路をたどったのだろうか。なぜその場所だったのか。

そしてなぜ、犬が一緒にいたのだろうか。男と同じ場所で、どうして犬までが息絶えたのだろうか。

男は死後一年以上。それなのに、犬は死後三ヶ月。つまり、男が死んで少なくとも九ヶ月ものあいだ、犬は生き延びて、男の「遺体」とともに過ごしたことになる。どういう状態だったのかはわからないが、車の外へ出られなかったとすれば、犬の死体も死後一年以上経っていなければつじつまが合わない。

つまり、車の外へ自由に出られて、どうにか食いつなげる環境であったにもかかわらず、犬はその場を去らなかった、ということだ。

なぜだろう、と私は、その一点が妙に気になった。

なぜ、逃げなかったのだろうか。

逃げたってよかったはずだ。生き物の本能として、命の危険を感じるようならば、その場を立ち去ることはできたはずだ。

猫ならば、素早く走り去っただろう。鳥ならば、羽ばたいて空の彼方へ飛んでいっただろう。

けれど、犬は、そうしなかった。

犬とは、きっと、そういう生き物なのだ。最後の最後まで、人間に寄り添う生き物なのだ。

さあどこへでも行きなさい。自由になりなさい。好きなように生きていきなさい。たとえ神様にそう言われたとしても、彼らはきっと居続けるのだ。

人間のそばに。


私は、どこの誰かもわからない、その男のことを想った。最後まで男に寄り添った犬のことを想った。

とうの昔に逝ってしまった私の家族——私は物心ついたときには、祖父母に育てられていた——病弱だった祖母、ただただ優しかった祖父を想った。

祖父が、私のためにとどこかからもらってきてくれた、子犬のことを想った。

祖母が逝き、祖父が逝き、最後に残された犬。少年だった私には、あまりかまってもらえなかった犬。

そう、少年とは残酷な生き物だ。子犬を与えられれば、最初は大喜びで、夢中になって遊ぶ。そのうちに飽きて、振り向きもしなくなる。

子犬は「バン」と名づけられた。名づけ親は、私。「番犬」の「バン」。さっそく呼んでみると、それに応えるように、バンはしっぽを振って見せた。

犬小屋の前を私が通りかかるたびに、ちぎれそうなほどしっぽを振って飛び出してくるバン。私が目を逸《そ》らせば、自分のほうを見てくれるまで、飛び跳ね、鼻を鳴らし、あそぼ、あそぼと誘いかけるバン。

おまえにかまってるヒマないの！　うちはおじいちゃんしかいないから、ぼくだっていそがしいんだ！

近づけばあんまり喜ぶから、子供心に後ろめたくて、バンに向かってごていねいに言い訳までした少年の私。

それでもしつこく待ち続けるバンに私は苛立《いらだ》ち、遊んでやるふりをして、鼻づらにボールを思い切りぶつけた。

キャン、キャンと悲愴《ひそう》な声を上げ、バンは痛がった。しかし、その瞳に非難の色を微塵《みじん》も宿さず、バンは、ただ、私を見ていた。

すみません。いまのゲームのルールがよくわからないんです、ぼく……。

そんな表情で。

祖父が他界して四年。私は、大学を卒業して、町の福祉事務所に就職した。バンは、十二歳になっていた。私がきちんと働き始めるのを見届けると、役目を終えたと言わんばかりに、急速に衰えていった。

エサを食べる気力さえ失い、ひまわり畑のほとりの犬小屋で、うつらうつら、一日の大半は夢の中。

そうなのだ。私の家の庭先には、広大なひまわり畑がある。祖母が発病したあと、ひまわりが大好きな彼女のために、じゃがいも畑を潰して、祖父が作り上げたのだ。

まばゆいばかりに輝くいちめんのひまわり。その光の海を背景に、年老いたバンは、少しずつ、少しずつ、「そのとき」が近づいてくるのを無防備に待っていた。

大人になった私は、少年のとき以上に、バンにどう接したらいいのかわからなかった。ボウルにドッグフードを入れてやっても口にしない。散歩に連れ出そうとしても立ち上がれない。仕事へ出かけるまえに、そっと骨張った背中をなでてやり、帰ってきたら、重大なことが起こってやしないかと、ひやひやしながら犬小屋をのぞいた。

そんなことくらいしか、思いつかなかった。ほんとうに、そんなことくらいしか、私にはしてやれなかったのだ。

ある日の夕方のこと。犬小屋へ様子を見にいった私の足もとへ、バンがよろよろと出てきた。体は震え、呼吸は荒く、脇腹は激しく上下している。素人目にも、いよいよであることが見てとれた。

バンは、もう立っていられない、という様子で、私の足もとに身を投げた。ぱさりと乾いた音がした。どうしたっ、と私は身を乗り出し、バンの上半身を抱えようとした。

すると、バンは、ふらふらと立ち上がり、何かを捜すように、あたりをうろつき始めたのだ。

私は息をのんで、バンを見守った。もう、どこにいて、何をしているのかもわかっていないようだった。意識が混濁している。おぼつかない四つの足を引きずるようにして、バンは、口に泡を吹き、あたりの地面に鼻を押しつけ、蠢《うごめ》き回った。そして、吸い込まれるように犬小屋の後ろへ行ったかと思うと、再び私の足もとへと、よろめきながら戻ってきた。思いがけないものを口にくわえて。

それは、野球のボールだった。

少年の日々、祖父と、友人たちと、キャッチボールをして遊んだ野球のボール。

ごくたまにだったが、それを使ってバンと遊んだこともある。私がボールを投げれば、バンは勢いよくその後を追った。すぐさまそれをみつけて、口にくわえ、私の手へと戻してくれた。さあもう一度。もう一度、あそんでください、とせがむように。そんなことも忘れて、少年の私は、そのボールをバンの鼻づらめがけて投げつけたりしたのだ。

それっきりなくしてしまったはずのボール。それっきり忘れ去ってしまった、少年の日のボール。

あそんでください……もう一度。

そう言うように、バンは、くわえたボールをそっと私のほうへ差し出した。私は震える手で、それを受け取った。そして、何ごとかを祈るような心持ちで、彼の足もとにボールを放ってやった。

もしも私の犬が、あの少年の日の彼だったなら、どんなに遠くへボールを放っても、たちまち風になり、それをみつけに走っただろう。

けれど、彼にはもう、ボールを拾い上げる力すら残っていなかった。

バンは、一瞬、うれしそうな表情を浮かべたかのように見えた。かすかに笑ったようにすら、私には思えた。

バンは、静かにくずおれた。その目は、私をみつめながら、ろうそくの灯火《ともしび》を吹き消すように、光を消した。

そうして、私は、最後の家族を失った。

ほんもののひとりぼっちになって、ようやく、私は自分自身に問うた。

私の犬は、幸せだったか？

もっと、遊んでやればよかった。

もっと、たっぷり散歩させてやればよかった。

無理矢理リードを引っぱらず、気の済むまで、ガードレールやら、縁石やら、電柱のにおいをかがせてやればよかった。

そしてもっと、恐れずに、愛すればよかった——と。


そのニュースを私が目にしたのは、ほんの偶然だった。

もしもあのとき、あの交差点で、私が老いた相棒のブレーキでなく、アクセルを踏み込んでいたら——気づくこともなく通り過ぎたのだろう。

私の住む町にある原野。そこに打ち捨てられていた一台の車。

その中で息絶えた身元不明の男。

彼の傍らにうずくまるようにして、白骨化していた犬。

けれど、私は信じたかった。彼らはきっと、幸せだったのだと。

彼がいかなる人生を歩んでその場所へたどりついたのかは、知りようもない。

それでも、とにかく、彼は進んだ。ガソリンが費えるところまで。そう、彼の犬とともに。

もしも、彼が、ひとりきりでその生涯を終えたとしたら、あるいは不幸な最期だったと言うべきかもしれない。

けれど、彼には、犬がいたのだ。

ただ彼に寄り添うことだけを自分のすべてとする相棒が。

どうしてそれを、幸せではなかったと言うことができるだろう?

星守る犬

ぼくの最初の記憶。

それは、たしか、「はこ」の中で、いっしょうけんめいないていたこと。

そう。ぼくは、いわゆる「捨て犬」だったわけなんだ。

ぼくにだって、おかあさんがちゃんといたと思う。だけど、いまとなってはもう、ぜんぜん思い出せない。

大きくて、あったかくて、やさしくて……そういうものなんだと思うけど、ぼくにとっては、大きくて、あったかくて、やさしい生き物、っていうのは、「人間」のことなんだ。

ぼくは、ないていた。力の限り、ないていた。寒くて、さびしくて、おなかがすいて、だけどここでなかなかったら死んじゃうよ、って、いま思えば本能的にそうしていたのかもしれない。

ぼくはここにいるよ！　お願い、誰かみつけて！

「はこ」の中には、ぼくの弟もいた。最初は、そいつも一緒に、せいいっぱい、キャンキャンキャンキャンキャン、ないていたんだけど、そのうちに力尽きて、ぐったりしてしまった。ああだめだ、このままじゃ、ぼくたち死んじゃうよ。そう思って、誰かに気づいてもらえるまで、なき続けたんだ。

だけど、だんだん、だんだん、元気がなくなってきて。

もう、だめみたい。声も、出ない……。

なき疲れて、ぼくも、ぐったりしていた。もう、どうにでもなれ、って感じで。

そのとき、ふわっと体が浮き上がった。

「わああ、かわいいっ」

女の子の声がした。同時に、クッキーみたいな、ホットケーキみたいな、甘くて、胸がきゅんとなるような、いい香りがした。

「わあ、ほんと、かわいいっ。真っ白い子犬だあ」

「ねえ、みくちゃん、その子犬どうするの？」

次々に女の子の声が聞こえてくる。みくちゃん、と呼ばれたぼくを抱き上げた女の子は、

「もちろん、うちで飼うよ。だって、このままじゃかわいそうだもん」

そう言って、ほっぺたを、ぼくにぐうっと押しつけてきた。つるつるしたほっぺたは、とてもいいにおいがする。ぼくは、うれしくなって、ぺろぺろとみくちゃんのほっぺたをなめた。

「やだあ、くすぐったい。やめてってば」

きゃはは、と笑い声を上げて、みくちゃんと女の子たちは走り出した。

ぼくは、揺れていた。みくちゃんの腕の中で、みくちゃんの走るリズムに合わせて。みくちゃんの胸の鼓動が、とくん、とくんと心地よく響いてくる。ぼくは、なんだか、とても明るい場所へ向かって自分が加速しているような、わくわくした気持ちになってきた。

ただいまあ、と元気よく玄関へ駆け込んで、みくちゃんは、ぼくを抱いたまま、台所へと走っていった。

「おかえり……まあ、何持って帰ってきたの？　子犬じゃない!?」

女の人の声が聞こえた。ぼくは、みくちゃんの腕の中で、その声がしたほうを見上げた。うっ、と女の人がうなった。

「かわいい……」

ごく小さな声で女の人がつぶやく。みくちゃんは、すかさず、「ねえ、飼ってもいいでしょ？　お母さん」と、女の人のスカートを引っぱった。

「ねえ、ねえ、ねえ。いいでしょ？　箱に入れられて、ぐったりしてたんだよ。捨て犬なんだよ。かわいそうなんだよ。ほっといたら死んじゃうんだよ。ねえ、ねえ、ねえ」

「うーん、そう言われてもねえ……」

「お母さん」と呼ばれた人間のおかあさんは、いかにも困ったように両腕を組んでいる。

「犬を飼うって、けっこう大変なのよ。散歩にも行かなくちゃいけないし、エサ代だってかかるし……」

「そんなの、大丈夫だって。こんな小さい犬なんだから、大変じゃないってば」

おかあさんは、もう一度、ぼくを見た。ぼくと目が合うと、「だめだめ」と、自分に言い聞かせるようにつぶやいて、すぐに顔をそらしてしまった。
「とにかく、汚れてるからお風呂に入れてあげなさい。それから、飼うかどうかは、お父さんに聞いてからね」

　やったあ、とみくちゃんは、ぼくを抱いたまま跳ね上がった。まったくもう、とおかあさんはため息をついている。
「まだ飼ってもいいって言ったわけじゃないわよ。お父さんに聞いてから、って言ったでしょ」

　みくちゃんは、ふふっと笑って、自信たっぷりに言い返す。
「それって、飼ってもいいってことだよ。だって、お父さんは、みくの言うことならなんでも、いいよって言ってくれるもん」

　それからぼくは、生まれて初めて、お風呂っていうものを体験した。湯気いっぱいの小さな部屋の中で、みくちゃんはお湯をぼくにざぶざぶとかけ、いいにおいのする泡を立てて、ごしごし、ごしごし、洗ってくれた。それから、ふわふわのタオルで体をいっしょうけんめいふいてくれて、「きれいになって、うーんとかわいくなって、お父さんにアピールしなくちゃね」と、くすくす笑っていた。

それからぼくは、あたたかいミルクをおなかいっぱい飲ませてもらった。大きなタオルにくるまれたぼくを、みくちゃんはまた抱き上げ、「お前はここに入ってるんだよ」と、大きな「はこ」の中にそうっと入れてくれた。

ああ、なんていい気持ちなんだろう。

おなかがいっぱいで、やわらかくって、人間のにおいがしてる。

ぼくは、うとうとと眠くなって、目を閉じた。

ここに、このまま、いられるのかな。

そうだったらいいのに……。

それから、どのくらいたったんだろう。

「おーい、母さん、タオルはどこだー?」

男の人の声が、すぐ近くで聞こえた。ぼくは、半分、夢の中。だけど、ほんのり、タバコのにおいが漂っているのを感じた。

「籐《とう》の引き出しのいちばん大きいのに入ってないー?」

遠くのほうで、女の人が答えてる。ああ、あれはおかあさんの声だ……。

ガタッ。

大きく体が揺れて、ぼくは、「はこ」ごと引っぱり出された。わあっ、と男の人が大声を上げた。びっくりして、ぼくは思わず男の人の手にかみついてしまった。

「ぎゃあああ、なんだあ!?」

男の人も、ぼくに負けずにびっくりした。後ろにひっくり返って、ぺたんとしりもちをついた。あんまり驚いているので、なんだかおもしろくなって、ぼくは男の人に飛びついた。そして今度は、大きな顔、みくちゃんよりもずっと大きな顔を、思いっきりなめたんだ。ゲジゲジまゆげ、細い目、大きな鼻、ぱくぱく動く大きな口。そのぜんぶを、ぼくは、思う存分なめ回した。

「わあ、なんだこりゃ、子犬じゃないか。みく、みく！　ちょっと来なさい、すごいのが出てきたぞ、引き出しから！　子犬だ、子犬だよ。まいったな、こりゃあ」

男の人の胸にのっかって、ぼくが大きな顔をなめ回すのを、おかあさんとみくちゃん、笑いながら、楽しそうに眺めていたのを覚えてる。

それが、おとうさんとの、最初のであい。

おとうさんと、おかあさんと、みくちゃん。

三人の家族に、ぼくは、仲間入りした。

ぼくを家族の仲間にするにあたって、おとうさんは、あれこれ、みくちゃんに注文をつけていた。

「いいか、みく。この犬はな、ペットじゃない。これからは家族の一員になるんだぞ。言ってみれば、お前の弟のようなもんだ。わかるか？」

みくちゃんは、ぼくをひざに抱いて、こくんとうなずく。

「お前、ちっちゃい弟がいたらどうする？　いっぱい遊んでやるだろ？　風邪引いてないか、おなか空いてないか、気にしてやるだろ？　そういう気持ちでいなくちゃだめだ。ちゃんと朝晩エサをあげて、朝晩散歩にいってやらなくちゃだめなんだ。わかるか？」

みくちゃんは、もう一度、こくんとうなずいた。そして言った。

「みく、この子を大事にするよ。ご飯もあげるし、散歩も行く。ずうっと一緒にいる。弟だもん」

おとうさんは、大きな顔をくしゃくしゃにして笑った。そして、みくちゃんの頭を、くしゃくしゃとなでて言った。

「ようし、それでいいんだ。ずうっと、一緒にいてやってくれ」

うん、とみくちゃんは、元気よく返事をした。おとうさんは、いっそう大きな笑顔になった。

「家族の一員となったからには、名前をつけてやらなくちゃな」

おとうさんに言われて、みくちゃんは、すぐに返した。

「名前、もう考えてあるんだ」

秘密を打ち明けるような、わくわくした声。へえ、とおとうさんは興味深そうな表情になった。

「なんていうんだ?」

「ハッピー」

「ハッピー?」

みくちゃんは、ふふふ、と笑って、

「幸せ、って意味だよ」

と言った。おとうさんも、にっこりと笑った。

「そうか、いい名前だな」

こうして、ぼくの名前は「ハッピー」に決まった。みくちゃんは、ぼくをぎゅっと抱きしめて、「よかったね、ハッピー」とささやいた。

「これからは、あたしたち、ずっと一緒だよ」

みくちゃんのほっぺたは、やっぱりつやつやして、ちょっとくすぐったかった。でも、ずっと一緒だよ、っていう言葉が、ふわっとぼくの中に触れてきて、そっちのほうが、もっとくすぐったくて、あたたかだった。


ぼくは、時間、っていうものが、よくわからない。

朝がきて、昼になって、夜がくる。それは、なんとなくわかる。春、夏、秋、冬、季節もわかる。

いちにちの動きはお日さまの動きと一緒だし、季節がやってきたり去っていったりするのは、あたたかさや暑さ、涼しさや寒さがあるから。

でも、時間って？　どういうものなんだろう。

長い時間が経った、って人間は言う。あっというまだったね、とも。

さっきご飯食べたばっかりでしょ？　っておかあさんは言う。でも、さっきって、なんだろう？

待ってろよ、すぐ帰ってくるから、っておとうさんは言う。でも、すぐって、なんだろう？

ずっと一緒だよ、ってみくちゃんが言う。でも、ずっとって、なんだろう？

ぼくは、朝がきて、おとうさんがさんぽに連れていってくれるのが、待ち遠しくてたまらない。

それから、おとうさんが、仕事に出かけるとき、待ってろよ、すぐ帰ってくるから、って言うのが、とてもさびしい。

うれしいのあとに、さびしいがくる。さびしいのあとに、うれしいがくる。

そういう繰り返しが、時間っていうものなんだろうか。

でも、ひとつだけ、なんとなくだけど、わかりそうなのがある。

それは、ずっと、っていうこと。

ずっと一緒だよ、って、みくちゃんに言われたとき、ぼくは、なんだかとても安心した。

それは、ぼくを守ってくれるまほうの言葉のような気がした。

一緒だよ、っていうのと、ずっと一緒だよ、っていうのは、きっとずいぶんちがう。

それだけは、ぼくにもわかる。

だから、ずっと、という言葉が、ぼくは大好きになった。


「まったくなあ、みくのやつ。あんなに『散歩は自分がする』って言ってたくせになあ。学校に行くぎりぎりまで寝てるから、結局、朝の散歩はおれの役目だ」

おとうさんに連れられて、ぼくは毎朝、さんぽに出かけた。

ときどき、おとうさんを見上げながら、電柱におしっこをかけながら、道ばたのタンポポの葉っぱを鼻先でつつきながら、ぼくは歩いていく。

水のにおいが漂っている。近くに大きな川があって、風がそのにおいを運んでくるんだ。

おとうさんとぼくは、川に向かって歩いていく。ぼくは、それが大好きだった。

道のずっと向こうに、明るい予感がある。広々と開けた空間に、たっぷり水が流れていて、太陽にきらめいている風景がある。ぼくは、明るいほうへ向かっていくのが大好きだった。

きっと、おとうさんも、そうだったんだと思う。

さんぽのコースは、公園とか、路地裏とか、表通りとかじゃなかった。川辺へ。とにかく、明るいほうへ。そよそよと川面《かわも》をかすめて通り過ぎていく風を感じるほうへ。

ぼくが家族の一員になったとき、みくちゃんは、おとうさんと約束した。「ご飯もあげるし、散歩も行く。ずうっと一緒にいる。弟だもん」

たしかに、そうしてくれた。最初のうちは、そうだった。よく遊んでくれたし、ビスケットとか、すごくおいしいものを口にひょいっと入れてくれたりもした。そのたびに、うれしくて、ぼくは夢中でみくちゃんにじゃれついた。

でも、だんだん、そういうこともなくなっていった。みくちゃんは、ぼくにかまうのがめんどうくさくなったみたいだった。

朝は学校に行くぎりぎりまで寝てるし、学校から帰ってきたら、すぐに友だちと遊びにいってしまう。夜はテレビを見たり、ゲームをやったりして、ぼくが近くにいても、こっちを向いてくれなくなった。

ぼくはいつまでも、そう、「ずっと」みくちゃんの弟だから、みくちゃんはぼくのおねえちゃんだから……みくちゃんがこっちを向いてくれなくても、みくちゃんのそばにいたいと思っていた。

だけど、ぼくがおもちゃやボールを口にくわえて、みくちゃんのところに持っていって、あそぼ、あそぼって誘っても、みくちゃんは見向きもしない。あんまりやると、「うるさいよっ、いまゲームやってんだから！」って、ぼくの背中をぐいっと押して、遠ざける。

ぼくは、なんだか、つまらなかった。そして、さびしかった。

ご飯をくれるのはおかあさんの役目になった。おかあさんは、よしよし、って言いながら、ドッグフードをくれた。だけど、けっこう、おかあさんはこわかった。歯がかゆくて、むずむずするのががまんできなくて、ぼくが籐《とう》のイスの脚をかじったりすると、

「それはかじっちゃダメって言ってるでしょっ!?　もうっ、この子はっ！」

すごい顔つきになって、ぼくのおしりを叩く。そんなとき、ぼくは、あわててテー

ブルの下にもぐり込む。一度怒り出してしまうと、おかあさんはやっかいなのだ。ちょっと怪獣じみている、っていうか。

家族の中で、おとうさんだけが、最初からちっとも変わらなかった。

おとうさんは、朝と夕方、ときどき夜、ぼくをさんぽに連れ出してくれる。行き先は決まって川辺だった。

「ふつうなら、お前、放り出されてるとこだぞ。おれは家族の意見を尊重する世帯主だからな。耐えて、忍んで、お前飼うの許してやって……」

ぼくに向かって、せつせつと、語りかける。まるで、子供に向かって話しかけているみたいに。

「なんなら散歩に連れてきてやるこの心の広さ……」

土手の草むらにごろりと身を投げて、おとうさんはタバコに火をつける。ちゃんと風上にぼくがいるのを確認してから、おいしそうに一服して、風下に向かって煙をはく。ぼくは、湿気をふくんだ風をいっぱいに吸い込んで、いろんなにおいをかいでみる。

川のにおい。ひなたのにおい。ベランダの物干ざおで揺れている洗濯物のにおい。

子供のにおい。野球のボールのにおい。ちょっとさびてきしんでいる自転車のにおい。

ブランコのにおい。青葉のにおい。頭の上をかすめて飛んでいく蝶々《ちょうちょう》のにおい。着古したポロシャツのにおい。タバコのにおい。おとうさんのにおい。

「なあ、ハッピー。お前、おれの言ってること、わかってんのか？　広き心、いい大人のおれに、感謝したまえ」

ぼくは、おとうさんを見上げた。朝日を浴びて気持ちのよさそうな、ゲジゲジ眉毛とふくらんだ鼻の穴。とんでもなく大きな顔。

ぼくは、なんだか急に、うれしくなった。おとうさんのそばにいられることが、たまらなくうれしかった。そして、こたえた。

『はい、おとうさん！』

ぼくの言葉が、おとうさんに届いたかどうかわからない。ワン！　ってほえた声が、聞こえただけだったんだろう。

だけど、おとうさんは、草むらに投げていた体をむくっと起こして、ぼくを見た。そして、笑った。ぼくの頭を、くしゃくしゃとなでてくれた。

おとうさん。

ぼく、おとうさんに、そうしてもらうの、大好きなんです。

そうしてくれるおとうさんが、大好きです。

それから、いくつの春と、いくつの夏と、秋と、冬とを、過ごしただろう。

ぼくは、あいかわらず、「時間」ってなんなのか、わからない。だけど、朝と昼と夜の組み合わせがいちにち、っていうのなら、そのいちにちを、何回も、何回も、繰り返した。そのいちにちがたくさんたまって、いちねん、っていうのなら、そのいちねんを、やっぱり何回も繰り返した。

そのあいだに、少しずつ、家族は変わっていった。

おとうさんも、おかあさんも、みくちゃんも、ひとつずつ、としをとった。ぼくは、ひとつずつ、じゃなくて、いっぺんに、人間でいうとななつかやっつずつくらい、としをとった。

楽しいことが、いっぱいあった。

おとうさんといつもさんぽに出かける川辺で、家族でバーベキューしたりした。そんなときは、ぼくもおこぼれにあずかって、いつもは食べられないようなおいしい肉をもらったりした。おとうさんも、おかあさんも、みくちゃんも、いっぱい笑ってうれしそうだった。

夏になると、おとうさんのワゴンに乗って、キャンプ場へ行ったりした。おとうさんやみくちゃんと一緒に、林の中を探検した。ぼくがトンボをみつけて、みくちゃんがアミを振り回して、追いかけた。カゴいっぱいにつかまえたトンボを、だけどおとうさんは、逃がしてやりなさい、とみくちゃんに言った。こいつらは自由じゃないと死んじゃうんだ。虫カゴの中で一生を終えるなんて、あんまりだろ？　って。みくちゃんはうなずいて、空に向かってトンボを放してやった。

おとうさんは、やっぱり朝と夕方、ときには夜、ぼくをさんぽに連れていってくれた。

さんぽしていると、おとうさんは、家にいるときよりもずっとおしゃべりだった。家を出てからいつもの川辺にたどりつくまで、川辺についたらいつもの土手に座って、川を眺めて、ああだこうだ、ぼくを相手に、いろんなことをおしゃべりしていた。

「なあハッピー。お前がこうしてゆっくり散歩に連れてってもらえるのも、おれが会社でやるべきことやったら、残業なしで、すぐ帰ってくるからだぞ。自分の時間なんてものなしで、こういう家の雑事をこなす親父だからこそだぞ」

はい、おとうさん。

「もしも、おれがだなあ。『自分に投資してスキルアップする』とか、そんなハゲたこと言い出してみろ。たちまち時間にしわ寄せがきて、余裕がなくなって、こんなふうにゆっくり散歩なんてありえんのだからな。感謝したまえ」

はい、おとうさん!

こんなふうにして、いちにち、いちにちが過ぎていった。

いちにちが繰り返されていちねんになっても、いちねんが積み重なってさんねん、よねん、ごねんになっても。ぼくたち家族は、いつも一緒だった。

こんなふうに、「ずっと」一緒にいるんだと、ぼくは思っていた。

おとうさんとおかあさんは、台所のテーブルをはさんで座り、向かい合っていつも話をしていた。ふたりでそこにいる時間が長いから、自然とぼくの定位置はテーブルの下になったんだ。

おとうさんのちょっとくさい足と、おかあさんのちょっと疲れた足。両方の足にはさまれていると、なんだかそこにいるのがいちばん安心できた。

たいてい、おかあさんが一方的に、ああだこうだ、話しかける。おとうさんは、さんぽのときとはうって変わって、あんまりしゃべらない。新聞をばさばさ広げたり、鼻毛を抜いたり、ナイター中継を見ながらビールを飲んだりしていた。ぼく相手にだと、あんなにじょうぜつになるのになあ。

「みくの成績がいまいちなのよ、遊んでばっかりで」と文句を言うおかあさん。「うん、まあ、そういう時期もあるさ」とおとうさん。

「なんだか最近、みくが妙におしゃれなのよ、ブランドもののバッグが欲しいとか言い出すし」

「いいじゃないか、そういう年頃なんだろ」

「近所の奥さん、みんなやってるのよ。ほら、まえも話したでしょ？　パートのこと。私もやってみようかなあ、って。どう思う？」

「んー、お前の思うようにすればいいさ。何かあったらなんでも手伝うし」

「……そう。ありがと……」

そんなふうな会話が、いちにち、またいちにち、交わされていた。

少しずつ変わっていくこともあったけど、おとうさんとおかあさんは、そうやって、ほとんど毎日、テーブルをはさんで話をしていた。

そしてあるとき、ふっと、おかあさんの声の調子が変わったんだ。

「先月、うちの父親が倒れてから、母さんが大変らしいの。介護っていっても、母さんも歳《とし》だから……。兄さんとお義姉《ねえ》さんが交代でみてくれてるけど、私の父でしょ？

このままほっとくわけにいかないし、どうしたら……」

パチン、パチンとぼくの耳もとで音がする。おとうさんが、足の爪を切っている音だ。

「お前の気の済むようにすればいいさ。おれも、なんでもフォローするし」

おとうさんの言葉に、おかあさんは返事をしなかった。しん、と音が聞こえるくらいの沈黙があった。

あのときからだろうか。少しずつ、少しずつ、家族がばらばらになっていったのは。家族が一緒に過ごさなくなったのは。

いちにちがいちねんに、いちねんがさんねん、ごねんになって。

なんねんもすると、ずいぶんと変わってしまう。

それが「時間」っていうものなのかな、と、ぼくはうっすら気がついた。

みくちゃんは、大きくなった。そして、すっかり変わってしまった。もう、ぼくとはちっとも遊んでくれなくなった。

すごくにおいの強い水をつけて、顔にいろんなものをぬりたくって、耳たぶと鼻とべろに穴をあけてきらきら光るモノをうめこんで、髪の毛をつんつんに逆立てて、ものすごく大きな音で音楽を聴いている。ときどき、ヒャー！　とか、イェーイ！　とか、びっくりするような声でほえている。夜になると、おかあさんに怒られるのもかまわずに、どこかに出かけてしまう。それで、朝まで帰ってこない。

「まったくもう。一度お父さんからもビシッと言ってやってよ、あの不良娘に」

おかあさんは、台所のテーブルの前に座っているおとうさんに向かって、怒りながら言う。おとうさんは、のんきにかまえて、やっぱり鼻毛を抜いている。

「ああいう年頃なんだろ。大丈夫だって。父親と娘の関係って微妙だからなあ。ここは女同士、お前がうまくやってくれよ」

おかあさんは、何も答えない。何も答えられないのだ、とぼくにはわかる。おかあさんの足が、いらいらしている。いまにもイスをひっくり返して立ち上がりそうなほど、いらいら、いらいらしている。

おかあさんは、ぼくにご飯をくれなくなってしまった。代わりに、おとうさんがご飯をくれるようになった。

そうやって、いろんなことが、変わってしまった。

だけど、ひとつだけ、変わらないことがあった。

それは、おとうさんとのさんぽ。しかも、いちにち三回も連れていってもらえるようになった。

朝と昼と夕方。明るいほうへ、空と川とが広がるほうへ、ぼくらのさんぽはそう決まっていた。

けれど、だんだん、行く先がちがってきた。川辺ばっかりじゃなくて、町中のせまくるしいところへ。「ハローワーク」とか、「やまもと循環器クリニック」とか、そういうところへ。ぼくは中に入れないから、入り口あたりの柵や手すりにつながれて、おとうさんが出てくるのを待っているしかなかった。

おとうさんが出てきたら、ぼくはせいいっぱいしっぽをふって、よろこんで、おとうさんの手をなめて、おとうさんのまわりをぐるぐる回る。おかえりなさい、おとうさん！　そんな気持ちをわかってほしくて。

だけど、どんなにぼくがよろこんでみせても、おとうさんはちっともうれしそうじゃない。ぐったり、下を向いている。そして、とぼとぼ、家路につく。

「やっぱ、この歳で再就職なんて甘いよなあ……」とか、

「狭心症っつってもなあ……もう、どうしようもねえわな……」

ため息と一緒に、そんなつぶやきが聞こえてくる。

おとうさんとのさんぽだけは、変わらないと思ってた。

でも、まえのさんぽといちばんちがうのは――おとうさんがあまりしゃべらなくなったこと。


「離婚!?」

ある夜、いつものように、台所のテーブルをはさんで、おとうさんとおかあさんの会話が始まった。ぼくが聞いたことのない言葉で、それは始まったんだ。

「そんな……藪《やぶ》からスティックに……」

「冗談じゃなくて」

ぴしゃりと強い口調で、おかあさんが返した。

「本気で別れてほしいの」

しん、とまた、沈黙の音。痛いくらいの沈黙が、空気に重たく広がった。

「一緒にいたくないほど、嫌いになったわけじゃないのよ。ただ……持病をかかえて職を失ったあなたを支えていくほどの強い想いが……ないの」

ひざの上で、おとうさんの手のひらに、ぐっと力がこもる。おとうさんは、自分を押さえつけるように、両手で両足のひざこぞうをつかんでいた。

「いや、でも……でもさ。夫婦っていうのは、こういうときこそ、協力して乗り切らないと……」

「やめて」おかあさんのいっそう強い声が、おとうさんの言葉をさえぎった。その声は、うるんでふるえていた。

「私が相談するときは、いつだって『おまえの思うようにしろ』って言ってたじゃない。いつもみたいに、おまえの思うようにしろ、って言ってよ」

そう告げて、おかあさんは立ち上がった。おとうさんは「待ってくれ」と声を上げた。

「こいつは、どうするんだ」

「こいつって、何よ」

「だから、ハッピーだよ」

ぼくは、ぴくりと耳を動かして、せまいテーブルの下に伏せていた体を起こした。

ぼくのことを、話しているんだ。

「あなたの好きにしたら。ハッピーは、あなたの犬でしょ」

もう一度、痛いくらいの沈黙。

しばらくして、おかあさんは、スリッパをぱたぱたいわせて、台所を出ていった。おとうさんは、岩になってしまったように、ぴくりとも動かない。おとうさんのまわりの空気は、しめって、さびしいにおいがした。

ぼくはたまらなくなって、おとうさんのひざに前足をかけた。おとうさんのさびしいにおいが、あまりにも強くて、ぼくは、どうしたらいいんだろう、とおろおろしてしまった。くうんと鼻を鳴らして、おとうさんにすがりつくことくらいしか、ぼくにはできなかった。

おとうさんは、黙っていた。口をぎゅっと結んで、上を向いた。いつまでも、そうしていた。

それでも、足にすがりついているぼくの頭を、くしゃくしゃとなでることを忘れなかった。


バタン、といきおいよく音を立てて、ワゴンのトランクのドアが閉まった。

おとうさんのワゴン。いつか、おとうさんとおかあさんとみくちゃんとぼくを乗せて、川辺にバーベキューに出かけたり、キャンプ場に出かけたりしたワゴン。

いま、おとうさんとぼくだけが、乗っている。

「あいつらの荷物出したら、おれの荷物ってこれっぽっちだったんだなあ。ワゴンのトランクに収まっちまいやんの」

運転席に座ると、おとうさんは、長いため息と一緒に文句を言い始めた。

「マンション売っぱらってローンの残り払ったら、雀《すずめ》の涙じゃん。さらにそれを母さんと半分こ……引っ越し先探すにしたって、犬連れの失業者を受け入れてくれるとこなんざ、あるわきゃねえわな」

あーあ、とおとうさんは、ぐうっと背伸びをした。ぼくは、助手席に足をそろえて座り、しっぽを振っておとうさんをみつめていた。なぜだかわからないけど、おとうさんが、いまからとてつもなくおもしろいことを言い出すような、そんな気がしたんだ。

おとうさんは、ぼくと目が合うと、にやりと笑った。

「よおし。決めたぞ」

おとうさんは、ぐっと力を入れて車のキーを回した。ブォン、とエンジンがいきおいよく音を立てた。

「南へ行く。ずっとずっと南のほうだ。おれの生まれ故郷めざして……って言っても、親きょうだいがいるわけじゃなし、家が残っているわけじゃなし。なんにもないけど、お前との暮らしくらい、なんとかなるだろ」

自分に言い聞かせるように、元気よくおとうさんは言った。それから、ぼくのほうを向いて、こう言ったんだ。

「お前と、ずっと一緒にいるためだぞ。感謝したまえ」

はい、おとうさん！

ぼくは、ますますうれしくなった。エンジンの音の高まりが、ぼくのしっぽの振幅に、ぴったりと重なった。

こうして、ぼくとおとうさんの「旅」は始まった。

明るいほうへ。もっと広く、もっともっと明るいほうへ。

それが、ぼくとおとうさんのさんぽのルール。

車の窓が、いっぱいに開けられる。たちまち流れ込んでくる風。初めてかぐ、しょっぱいにおいに満ちた、さわやかな風。

おとうさん！　風が、とっても気持ちいいですよ！

「こらこら、そんなにほえるなよ。そっちに見える青くてでっかいのはな、『海』っていうんだ。あんまり外へ顔出すと危ないぞ」

おとうさんにそう言われても、ぼくはあんまりうれしくて、気持ちよくて、叫ばずにはいられなかった。

最高です、おとうさん！

海を左手に見ながら、どこまでも、南へ。おとうさんとぼくを乗せたワゴンが、軽快に走る。おとうさんは、ハンドルを軽く握り、鼻歌まじりだ。ゲジゲジまゆげが、サングラスの上でぴょこぴょこと動いている。

途中で立ち寄ったコンビニを出てきたおとうさんは、サングラスをかけていた。そんなおとうさん、見たことない。あれっ？　と思ったけど、これがなかなか、似合うんだ。

「別にカッコつけてるわけじゃないぞ。ずうっと海沿いに走ってるから、やたら日差しがまぶしくてな。目にしみるんだ。ガラじゃないけどな」

照れ笑いしながら、ぼくに向かって言い訳をする。でも、ぼくにはわかった。おとうさんも、ぼくとおんなじで、このドライブを楽しんでいる。ちょっとはしゃいでいるんだ、って。

ぼくたちの車は、やがて、海を気持ちよく眺めるパーキングに停まった。

海には、ちょうど、大きな夕日が落ちていくところだった。たっぷりとした水平線の上で、ぼくたちに何か語りかけるように、夕日はゆらゆらと揺れて、じんわり溶けていく。海と空との境界線がぼやけて、やがてふたつはひとつになる。ぼくたちは、いつまでも、いつまでも、その景色を眺めていた。

おとうさんは、道路沿いのおみやげ店の軒先で買ったイカ焼きを食べ、缶ビールをうまそうに飲む。ぼくはジャーキーを食べさせてもらった。それから、おとうさんは、風向きをたしかめて、タバコに火をつける。夕焼けの海に向かって煙をはき出す。うーん、と背伸びをして、

「いいなあ、こういうの」

せいせいとしている。ぼくは、しっぽを振っておとうさんを見上げた。

「やってみたかったんだ。一度だけ。仕事も、家庭も、病気も、なんにも気にしないで、海沿いにどこまでも走る。あれだよな、男のロマンってやつ？」

はい、おとうさん。

「今日は、ここに泊まるぞ。ビール飲んじゃったからな。それにあれだ、おれがホテルに泊まって、お前が車の中で寝るってのもアリだけど、それじゃ、お前が心細いだろ？　ずっと一緒にいるって、約束だしな。感謝したまえ」

はい、おとうさん！

その夜、ぼくは、おとうさんのとなりで眠った。

おとうさんは、高いびきをかいて、気持ちよさそうに眠っていた。ぼくは、何度も、その肩に鼻先を押しつけた。

おとうさんから、もう、さびしいにおいはしなかった。


朝がきた。ぼくたちは、朝ごはんを調達するために、海沿いの小さなスーパーに立ち寄った。

ぼくは表の柵につながれて、窓ガラスから店の中をのぞいていた。

おとうさん、早く早く、おなかがすきましたよ！

ふと、おとうさんが、後ろを振り向いた。男の子が、商品が並んだ棚に向かって立っている。小さくて、ひょろりとやせた少年だ。汚れたシャツと短パンを身につけて、髪の毛はぼさぼさ、顔にはばんそうこう。そして、どうしたんだろう、体のあちこちに小さな傷とあざがある。

おとうさんは、じっと少年をみつめている。少年は、おとうさんが見ていることに気づかない。棚に並んだ菓子パンのひとつ、「チョココルネ」を手に取ると、穴が開くほどそれをみつめて、目にも止まらない早さで、汚れたシャツの中に入れようとした。

その瞬間、おとうさんが、少年の手から、チョココルネを奪った。少年は、はっと息をのんだ。おとうさんは、そのまま、チョココルネを自分の買い物カゴに入れた。そして、黙ってレジに向かった。

おとうさんが、帰ってきた。ぼくは躍り上がっておとうさんを迎えた。後から、少年が、うつむいたまま店を出てきた。おとうさんは振り向いた。そして、「ほら」と、買い物袋の中から取り出したチョココルネを投げた。少年は、あわててキャッチした。

「ちゃんと金を払って買ったパンだよ。誰も君を責めやしないから、食べなさい」

少年は、袋を引き裂くと、夢中でチョココルネをほおばった。ぼくは、彼の近くへ恐る恐る近づいて、あざだらけ、傷だらけの足のすねを、遠慮がちになめてみた。

とても悲しい味。きのう今日じゃちょっと出せない、ねんきの入った悲しい味がした。

そして、とてもとてもさびしいにおいを、少年はまとっていた。

「しかし……」

ブルン、とぼくたちのワゴンが発進のうなりを上げた。おとうさんは、バックミラーをちょい、と直した。ミラーには、後ろの席にちょこんと座った少年が映っている。

「……乗ってけ、とはひと言も言ってないのだが……」

少年は、黙ってうつむいた。おとうさんは、まずいなあ、とつぶやいて、アクセルを踏んだ。

車は、海沿いの道をゆるゆると下っていく。カーブがくるたびに、少年は、後ろの席に積んである段ボール箱にはさまれて、右へ、左へ、たよりなく傾いた。おとうさんは、その様子をちらちらとバックミラーで確認しながら、

「こういうの、『未成年連れ回し』っってだな、ヘタしたら犯罪になっちまうんだぞ。勝手に乗ってきたからには、そっちの事情をちょっとは話してくれよ」

少年は、やっぱりうつむいたままだった。おとうさんは、彼が自分から何か話してくれることを、辛抱強く待った。長くゆるやかな坂道を下りきったところで、少年は、急に顔を上げると、か細い声で言った。

「おじいちゃんが……北海道にいます」

それからまた、うつむいてしまった。ほうほう、とおとうさんは、軽くあいづちを打って、少年が続きを話すのを待ったが、

「って、それだけ!?」

拍子抜けしたように反応した。

そう、それだけだった。少年には、北海道に、おじいちゃんがいる。それだけ。

おとうさんも少年も、それっきり黙りこんだまま、ぼくたちを乗せたワゴンは走った。

人影まばらな浜辺で、ワゴンは停まった。

夏休みまえの海水浴場は、まだ静かで、おだやかな波が砂浜にレースのようなあぶくを作っている。

「ちょっとここで休んでいくか。釣りでもして」

おとうさんはそう言って、ワゴンの荷台から釣り道具を取り出した。ぼくたちは、海にせり出した堤防に並んで座った。

水平線の真上には、入道雲がもくもくと立ち上っている。釣り糸は何度もふるえ、

魚が次々にかかった。魚はぴちぴちと跳ね、ウロコが日差しにきらきら光るのが、ぼくはおもしろくて、バケツのまわりを走り回った。少年は、魚が釣り上げられるたびに、目をまん丸に見開いて、興味深そうにバケツをのぞき込んでいた。

おとうさんは、卓上コンロに網をのせて、とれたての魚を焼いてくれた。ぼくたちは、それをめいめいに食べた。少年はいきおいよく魚に食いついていた。その食べ方は、どっちかっていうと、ぼくの食べ方に近かった。

おなかがいっぱいになって、ぼくたちは、防波堤の陰で昼寝をした。やっぱり、最高に気持ちがよかった。とてもおいしい、楽しい、いいにおいの夢をみたような気がする。

目がさめると、ぼくの前には海しかなかった。波が静かに砂浜を洗う音だけが、あたりを満たしていた。

おとうさんが起き上がって、海に向かって歩いていく。ぼくも、すぐに起き上がって、その後を追いかけた。おとうさんは、靴と靴下を脱ぎ捨てると、チノパンの裾をたくし上げて、ざぶざぶ、ざぶざぶ、海の中へ入っていった。もちろん、ぼくもその後を追いかけた。

「海、気持ちいいなあ」

おとうさんは、大きく背伸びをして、深呼吸をした。ぼくは、なんだかもう、がまんできなくなって、そのままばしゃばしゃと泳いでしまった。そしてぼくは、ちょっとびっくりしてしまった。こんなに泳ぎが得意だとは、思ってもみなかったから。

「こらあ、ハッピー！　何犬かきしてるんだよ！　塩水だらけで、あとが大変じゃないかっ」

そう言いながら、おとうさんも、ざぶん、と海の中に飛び込んだ。ぼくたちは、夢中になって泳いだ。信じられないくらい体が軽く、気持ちよく浮いて、そのままどこまでも泳げるような気がした。

気がつくと、少年も、ぼくたちの後を追って泳いでくる。あちゃあ、とおとうさんは声を上げた。

「こういうのに参加しちゃうタイプなんだね、君……」

少年は、口を真一文字に結んで、真剣そのものの表情で泳いでいる。おとうさんは、よおし、と笑って、「こうなったら、とことん泳ぐぞ！」と、少年の手を取った。

誰もいない夏の海。海は、ぼくたちのものだった。

ぼくたちは、ぐっしょりとぬれて、重たい体で浜辺へ戻った。コイン式シャワーを浴びて、おとうさんは、まず少年を、それからぼくを、バスタオルでふいてくれた。最後に自分の体をふいていた。

いつのまにか、夕焼けが空いっぱいに広がっている。ぼくたちは、再び、防波堤の上に並んで座った。

いつか、こんな風景を見た。空いっぱいの夕焼けと、水のにおいが広がっていた風景。おとうさんとさんぽに出かけた、あの川辺。あのときも、おとうさんと一緒に、こんな風景の中にぼくはいたんだ。

いま、やっぱりぼくは、おとうさんと一緒に、しめっぽい風を受けて、空いっぱいの夕焼けを見ている。ぼくたちがいま、見ているのは、ぼくたちが暮らした町の夕焼け空じゃない。おかあさんも、みくちゃんも、もういない。

だけど、ぼくは、うれしかった。おとうさんと一緒に、こうして、夕焼け空を見ていることが――いや、いま見ているのが、たとえ曇り空でも、夜空でもいい、ぼくは、おとうさんと一緒にいることが、うれしかったんだ。

おとうさんは、ビールをぐびぐび、おいしそうに飲んでから、「ああ、うめーっ」と大きく息をついた。それから、「いや、そうじゃなくて」と、自分のほっぺたをぺちんと叩いた。

「飲んじまったよおれ、うっかり！　これじゃ、こいつを送ってやれないじゃないか！」

少年は、ぴくんと肩をふるわせた。ぼくの首を抱いて、不安そうな顔でおとうさんを見た。おとうさんは、あーあ、と肩を落とした。

「君の家の人が心配しているだろうに……捜索願い出してたりしたら……」

少年は、いっしょうけんめい、頭を横に振った。ぼくが水をふるい落とすときに体をぶるぶるするようなしぐさで。おとうさんは、少年をみつめた。少年も、祈るようなまなざしでおとうさんをみつめ返した。

「家の人、君を捜してないのか？」

こくりと少年はうなずいた。そして、そのまま、うなだれた。おとうさんは、なおも少年をみつめていたが、「しかたない」と小さく言った。

「明日、送ってやるからな。あの店の近くでもどこでも、君が行きたいところまで。たよりになる大人に相談したいなら、そういう相談所とかもあるし……知った人がいるなら、そこでもいい。まあ、一晩、よく考えなさい」

少年は、ぼくの首を、もっと強く抱きしめた。ぼくの毛皮に顔をうずめて、ぼくのにおいを吸い込んでいるみたいだった。しばらく、そうしていた。それから、そうっと顔を上げると、

「お、おじさん」と、遠慮がちに呼びかけた。

「ぼく、おじさん……みたいな、おとうさんが、よかったです……」

おとうさんは、ちょっとびっくりしたように少年を見ていた。それから、海のほうへ顔をそらすと、ふふ、と照れたように笑った。

「ありがとよ。実際は、そんないい親父じゃなかったらしいんだがね」

ほんのり、さびしいにおい。ぼくたちの旅が始まってから、忘れかけていたあのさびしいにおいが、おとうさんの背中のあたりから、ふっと立ち上った。

「晩飯、買ってくる。ここで待ってろよ」

後ろ姿でそう言うと、おとうさんは、通り沿いのコンビニに向かって歩いていった。

少年は、おとうさんの背中を見送っていた。お父さんの姿が見えなくなると、突然、ぼくを力いっぱい抱きしめて、声を殺して泣き出した。

ぼくは、知っている。人間は、犬の前では正直になるんだ、ってこと。

どんなにつっぱっていても、意地を張っていても、強がりを言っていても。自分と犬だけになったとき、人間は、すなおになるんだ。

うれしいときは、ほおずりをする。泣きたいときは、涙をこぼす。

そして、さびしいとき、いとしいときには、ぎゅっと抱きしめる。

ぼくは、おとうさんやおかあさん、みくちゃんと暮らして、そう学んだ。

ぼくに文句をやたらぶつけていたおかあさん。好きな人がいるんだよ、と打ち明けていたみくちゃん。

ずっと一緒にいような、と頭をなでてくれたおとうさん。

ぼくは、知っているんだ。人間って、ほんとうは、さびしがりやで、ちっぽけで、心やさしい生き物なんだって。

この少年もまた、そういう生き物。

ひとりぼっちで、さびしくて、ちっぽけで。

だけど、生きていくのにいっしょうけんめいな生き物なんだ――。


朝がきた。

おとうさんが目覚めたとき、少年の姿は、もうどこにもなかった。

夜明けとともに、後ろのドアが、そうっと開く音がした気がする。さびしいにおいが遠ざかっていくのを、ぼくは、夢のほとりで感じていた。

後ろの席で寝ているはずの少年がいなくなっていることに、おとうさんはすぐに気がついた。そして、財布がなくなっていることも。

おとうさんは、その日いちにち、防波堤の上にぼんやりと座り込んでいた。タバコをふかして、なかなか動かなかった。ぼくに話しかけることもなく、ただ、いつまでも海を眺めて。

ぼくは、おとうさんにぴったりと寄り添っていた。

おとうさんからは、いままで感じたことがないくらいに、さびしく、やるせないにおいが漂っていた。

ぼくたちのワゴンは、まだまだ、どこまでもずっと、海沿いの道を走り続けていた。ぼくは、やっぱり、時間っていうものはわからない。だけど、けっこう長いこと、海を見ながら走っていた気がする。

ぼくにしてみれば、おとうさんのとなりに乗せてもらっている限り、ごきげんなドライブであることに変わりはなかった。だけど、おとうさんは、初めの頃とはちょっと違う感じがした。

ぐちっぽくなった、っていうか。余裕がなくなった、っていうか。

「人はおうおうにして、我が身の不幸を何かのせいにして、精神のバランスをとろうとするんだ。そういう生き物なんだ。わかるか、ハッピー？」

はい、おとうさん、とぼくはこたえた。ほんとうは、よくわからなかったけど。

「まあ、あれだ。有り金全部持ってかれて、あとは野となれ山となれ海となれ、ってことだ。どうせおれらはお気楽車上ホームレス……じゃなくて、誇り高き旅人、だからな」

はい、おとうさん。

「金を持ってかれたのがくやしいんじゃねえぞ。北海道のおじいちゃんのとこへ行きたけりゃ、空港まで送って航空券くらい買ってやったさ。おれがくやしいのは……」

おとうさんは、ぐっと奥歯をかんでから、言った。

「すなおに人に甘えられなくなってるあの子が……悲しすぎるんだ」

言葉とともに、やっぱり、さびしいにおいがした。おとうさんは、大きなため息をつくと、

「いけねえ。しょんべんしたくなっちまった」

そうつぶやいた。それから、通り沿いのコンビニをみつけて、車を停めた。

「ちょっとトイレ借りてくるから、お前もおしっこしとけよ」

そう言って、店の中へ走っていった。ぼくは、つながれた柵のにおいをかいで、もぞもぞ、もぞもぞ、おしっこをしようとして動き回った。だけど、ぜんぜん、おしっ

こが出ない。

ちょっとまえから変だったんだ。おしっこが、なかなか出なくて。ちょっと出ても、なんだか痛くて。だけど、何か変だってことをおとうさんに伝える方法が、ぼくにはない。

クーン、クーンとぼくは鼻を鳴らした。とてつもない何かが、すぐそこに迫っていた。どうしたらいいんだろう。どうしたら……。

おなかの中で、爆発したような感じがした。突然、強烈な痛みが体をつらぬいた。

「ハッピー！」

おとうさんの叫び声が聞こえた。ぼくは、地面に転がって、のたうち回っていた。

痛い、痛い、痛い！　体じゅうが引き裂かれそうだった。

ああだけどぼくは、ぼくは、ぼくは……こんなにも痛いのを、苦しいのを、おとうさんに伝えられないんだ！

「おいっ、どうした!?　ヘンなもの食ったのか!?　しっかりしろ！」

おとうさん、おとうさん！　痛い、痛い、痛いよう！

おとうさんは、ぼくを抱きかかえて、車に乗せた。お父さんの声が、近く、遠く、聞こえていた。
しっかりしろ、ハッピー。死ぬな、ハッピー。お願いだ。
おれを、おれをひとりにしないでくれ。
おとうさん、おとうさん、おとうさん！
おとうさん、どこ？　おとうさん、ぼく、おとうさんと一緒にいたいんです。
ぼくを、ぼくをどこにもやらないでください。
ぼくはまだ、おとうさんとドライブ、するんだ。
ぼくたち、ずっと、一緒ですよね？
ずっと。
おとうさん――。

それから、何が起こったのか。よく、覚えていない。
気がつくと、ぼくは、冷たいケージの中にいた。
おとうさんが、いない。

おとうさんが、いないよう。

ぼくは、さびしかった。さびしくて、悲しくて、生まれて初めて、ひとりぼっちで泣いた。

人間は知らないだろう。犬だって、ほんとうは泣くってこと。

だけど、ぼくらのさだめなんだ。泣くのは、一生に一度きりって。

一緒に暮らしたいちばん好きな人と別れるときにだけ、ぼくらは泣くんだ。

涙は、流れない。だから、人間には、きっとわからないだろう。ぼくらが泣いていることが。

人間にはわからないように、涙を流さずに、ぼくらは泣く。それもまた、ぼくらのさだめなんだ。

涙を流さない。——大好きな人間を、悲しませたくないから。

おとうさん。

ぼくはもう、おとうさんとドライブできないんですか。

ぼくたちはもう、一緒にいられないんですか。

ならば、ぼくは泣きます。この一度限り、めいっぱい泣きます。

このさき、もう二度と、おとうさんにあえないのなら。

いまこそ泣くのが、ぼくのさだめなのだから。


思う存分、泣いて泣いて、泣き疲れて、ぼくは眠りに落ちた。

ふっと、鼻先をなつかしいにおいがくすぐった。タバコと、潮風のにおい。

ぼくは、目を覚ました。ぼくの目の前に、ゲジゲジまゆげの大きな顔があった。

……おとうさん?

おとうさんが、帰ってきた。

ぼく、夢をみているのかな。

「危ないところでしたよ。尿道結石でしたが、犬の場合、急性腎不全を起こすと致死率が高いんで……手術で取り除きました。もう大丈夫です」

知らない男の人の声がする。続いて、おとうさんのなつかしい声。

「ありがとうございました。……あの、それで、これからどうしたら……」

「しばらくは入院して様子をみたほうがいいですね。お住まいは東京のようですが、ご旅行中か何かでしょうか。こちらでお預かりするよりも、都内の別の病院へ……」

「いえ、いいんです。こちらでお願いします。急ぎの旅じゃありませんから」

それから、ぼくの頭をくしゃくしゃとなでる手があった。

ああ、これは、おとうさんの手。ぼくの大好きなまほうの手だ。

タバコのにおいがする、ぶこつな手。やさしくて、あったかくて、大きな手。

おとうさん。

またあえたんですね、ぼくたち。

よかった。

また、あえてよかった。

ぼく、感じます。たとえ近くにいなくても、おとうさんが、ぼくを思ってくれていること。

月を映す海。満天の星。その真ん中に、ぽつんと停まったワゴンの中。

おとうさんが、ぼくを思ってくれている。ぼくを、待ってくれている。

星空を仰いで、祈ってくれている。

早く戻っておいで、ハッピー。
おれたちは、いつまでも、どこまでも、一緒だ――。

長い時間が経った。とてつもなく長い、長い時間が。

人間の世界では、いちにちが二、三回繰り返されたくらい、だったらしいけど、ぼくにとっては、気の遠くなるくらい、長い、長い、長い時間だった。

大好きな人のそばにいられない時間。犬にとって、こんなに長い時間はない。

もう、どうしたらいいんだってくらい、はてしない時間の中、ぼくは漂っていた。

だけど、ぼくは信じていた。おとうさんとぼくは、決して離ればなれなんかにならない。

ぼくたちは、もう一度、一緒にドライブをするんだ。

ぼくは、冷たいケージの中で、はてしない時間を耐えた。

そして、いま。

「こらこら、あんまりじゃれるなよ。おれはこれから運転するんだってば。危ないぞ」

ぼくは、おとうさんのワゴンの助手席に乗り、おとうさんの腕にじゃれついて、サングラスをかけた大きな顔をなめている。うれしくって、うれしくって、もうどうしたらいいかわからないくらいだ。

おとうさん、おとうさん、おとうさん！

ぼくたち、また一緒に旅を続けられるんですね！

おとうさん！　ああ、おとうさん！

「準備はいいか、ハッピー？　さあ、出発だ」

動物病院の先生と看護師さんが、にこやかに手を振って見送ってくれている。ぼくは思い切りしっぽを振って、ありがとうございました！　いってきます！　と叫んだけれど、やたらほえてるなあ、と思われたにちがいない。

ワゴンは、再び、海沿いの道を、軽快に走り出した。おとうさんは、よっつの窓を全開にした。たちまち潮のにおいが車内を満たす。なんだか、ずいぶん風通しがいい。

あれっ、とぼくは、背もたれにつかまって後ろの席を見た。

空っぽだ。

家を出るときには、パソコンやら段ボール箱やら、ぎっちり詰め込んであったのに。いったい、どうしちゃったんだろう。

「どうだ。すがすがしいだろ、なんにもなくなっちまって」

おとうさんが、笑いながら言う。

「古道具屋でな。全部、売っぱらったよ。パソコンと、親父の形見の時計以外は二束三文だったけどな。お前の病院代と、あとしばらくのガソリン代くらいはどうにかなったってわけだ」

おとうさんは、不思議なくらいせいせいとしていた。そして、

「誰かが言ってたなあ。『自由とは、何も持たないこと』。ほんとに、その通りだ」

そうつぶやいた。

ぼくたちのワゴンは、海沿いのパーキングに停まった。おとうさんは、灰皿を引っ張り出すと、吸い殻につまようじを刺して、火をつけた。それから、味わうように、ゆっくりと吸った。

ぼくは、後ろの席に残されていたわずかなモノをチェックした。小さな菓子箱の中

に入れられた、正体不明のモノたち。ちょっとにおいをかいでみたけど、いったいなんなのかわからない。

おとうさんは、車の窓から中をのぞき込んで、「なんだ。そんなもんが気になるのか」と笑った。

「さすがに買い取ってもらえなかった、正真正銘のガラクタだよ。何かの部品とか、何かの電池カバーとか。ちぎれたボタン、どこかの鍵、何かの脚……」

家の中に落ちていた、いろいろな何か。

一見、なんだかよくわからない。でも、それがないと困る。あとできっと要るだろう。

こういうのこそが大事なんだと思って、大切にとっておいた、中途半端なモノたち。

「でも、やっぱりただのガラクタだったな」

ぼくは、その「いろいろな何か」のにおいを、思う存分かいでみた。

なつかしい、僕たちの家のにおいがした。おかあさんや、みくちゃんの、においのかけらが残っていた。

おとうさんは、それを「ガラクタ」と呼んだ。そのくせ、それを、やっぱり捨てなかった。

その日、おとうさんは、朝から夜まで何も食べなかった。ぼくには、ジャーキーをくれたのに。

大きな月が、海の上に浮かんでいた。ぼくは、ひさしぶりに、ぴったりとおとうさんに寄り添って、目を閉じた。

「不思議なもんだな」

おとうさんの静かな声が響く。ぼくは、おとうさんの肩にあごをのせて、じっと耳を澄ましている。

「何もかもなくなったのに……となりにお前がいるからって、ヘンに幸せだぞ」

ふふ、とかすかな笑い声がする。ぼくは、クウン、と鼻を鳴らしてこたえる。

おとうさん。ぼくも、幸せです。

おとうさんのそばにいる。おとうさんが、一緒にいてくれる。

ほかには、なんにも、いりません。

その夜、おとうさんを包んでいたにおい。

それは、たしかに、幸せのにおいだった。

おとうさんの異変は、突然、起こった。

それは、ぼくが、何かとてつもないものがやってくるのを感じて、次の瞬間に地面をのたうち回ったときのように、ほんとうに唐突に、それはきた。

ぼくたちは、いままで通り、南へ、南へと、左手に海を見ながら快適に車を飛ばしていた。潮風が、どこまでも心地よかった。明るいほうへ、明るいほうへ、とぼくたちは進んでいった。

それまではごきげんだったおとうさんが、急に黙り込んだ。車のスピードがみるみる落ちていく。ぼくは、すぐに、おとうさんが変だ、と気がついた。

どうしたんですか、おとうさん？

おとうさんは、口をぎゅっと結んだまま、車を路肩に寄せた。そして、ドアを開けてよろよろと外へ出ると、はあはあ、はあはあ、いままでに聞いたこともないような、苦しそうな息をし始めた。

おとうさん？　だいじょうぶですか、おとうさん!?

ぼくは鼻を鳴らしながら、しゃがみ込むおとうさんのまわりをうろうろ、うろうろ、うろたえて歩き回ることしかできなかった。おとうさんは、はあはあ、ぜいぜい、息をつなぎながら、

「……し……心配すんな……」

とぎれとぎれに声をふりしぼった。

「こうしてりゃ、おさまるんだ……そのうちに……」

おとうさんは、口を大きく開けて、あたりの空気をぜんぶ吸い込もうとでもするかのように、必死に呼吸をした。胸を両手で押さえつけて、転げ回りそうな自分をどうにか止めている感じだった。ぼくは、どうすることもできなくて、ひたすら鼻を鳴らしながら、おとうさんのまわりをうろうろするばかりだった。

おとうさんは、ふるえる手で、チノパンのポケットから錠剤が並んだシートを引っぱり出した。そして、「こんなもの……」とつぶやくと、防波堤の向こうに捨ててしまった。

「薬なんぞ、ただの気休めだ……もう、治りゃしないんだから……」

はあはあ、はあはあ。苦しい呼吸は、なかなかおさまらない。ぼくは、ただ、なさ

けなく、おとうさんのそばで、様子を見守ることしかできなかった。

おとうさんの手が、ぼくのほうへ伸びた。ぶるぶる、ふるえている。ぼくは、なでてもらえるように、頭をそっと差し出した。

分厚い手が、ぼくの頭に触れた。くしゃくしゃ、いつもみたいになでられるかと思った。だけど、おとうさんは、そのまま地面にがくりとひざを落とした。ぼくは驚いて、おとうさんのほっぺたとか、耳とか、手とか、とにかくいっしょうけんめいになめた。やっぱり、そんなことくらいしか、ぼくにはできなかった。

おとうさんは、ぼくの首を両手で抱いた。その体は、嵐に揺れる木のようにざわめいていた。

「すまん……ハッピー……」

どうして、おとうさん？

あやまるなんて、へんですよ。

おとうさんは、そのまま、ぼくの体を抱きしめて、嵐が通り過ぎるのを待っているようだった。

やがて、おとうさんは、大きく深呼吸してから、重たい足取りで運転席に戻った。

まだ少し心配だったけど、ぼくも、いつもの席に戻った。

「旅に出てからは、発作は一度もなかったのにな……おれも、そろそろ、限界なのかもしれん」

おとうさんは、キーを回してエンジンをかけた。車は、ゆるゆると海沿いの道を走り始めた。

ガソリンスタンドに立ち寄った。それから、コンビニにも。店から出てきたおとうさんが手にしていたのは、ジャーキーの袋ひとつだけだった。

ゆるやかなカーブを過ぎて、長い直線の道のずっと向こうに、ロッジ風の建物がぽつんと立っている。ウィンカーを出して、ぼくたちのワゴンは、建物の前にある駐車場に停まった。

そこは、レストランのようだった。いいにおいが漂っている。ぼくは、思わずしっぽを振って、店の中へ入ろうとした。

ぼくの記憶では、おとうさんはここのところ、ちゃんと食べていない。ぼくだっておなかは空いているけど、毎日ジャーキーをもらっている。ぼくは、とにかく、おとうさんに何か食べてほしかった。

店員らしき男の人が近づいてきて、すまなそうな表情を作って話しかけた。
「あの、申し訳ございませんが……ペット連れでのご入店は、ご遠慮いただいております
ますので」
おとうさんは、くいっとサングラスの縁を指先で持ち上げると、「弱ったな」と、
いかにも困ったような声を出した。
「こいつの介助がないと、不便なんだが……」
男の人は、何か気づいたような顔になり、
「これは失礼いたしました。そういうことでしたら……テラス席のご利用となります
が、よろしいでしょうか」
おとうさんとぼくは、海に面したテラス席へ案内された。おとうさんは、ゆったり
とかまえて、
「ランチセットがあれば、それを」
メニューを抱えて突っ立っている店員の女の子に、そう言った。女の子は「かしこ
まりました」と答えて、さっきの男の店員と、ひそひそ声で話している。
〈ヘンじゃないですか？　白杖《はくじょう》も持っていないし、盲導犬のほうには胴輪《ハーネス》もついて

ないですよ)

(まあ、面倒なことは言うなよ。ほかに客もいないんだし)

「気にするな。最後のぜいたくだ」

店員たちのおしゃべりに気をとられるぼくの頭をなでて、おとうさんが言った。

「大目にみてもらうさ……」

ごそごそ、チノパンのポケットから、ジャーキーの袋を取り出すと、「ほら」と、ぼくに差し出した。

「このランチ代を払ったらすっからかんだ。もう買ってやれんから……味わって食べろよ」

……はい……おとうさん。

ぼくは、しみるくらいおいしいジャーキーを、思う存分、食べた。

おとうさんは、サングラスをかけたまま、ずっと海を眺めていた。

ランチの皿が空っぽになって、コーヒーカップが空っぽになっても、ずっと。

空の真上で輝いていた太陽が、だんだん海のほうへ傾いて、水平線の上にぽっかり浮かぶ大きな夕日に変わるまで。

生ぬるい潮風が、しめり気の強いひんやりした夕凪になるまで。

ずっと、ずっと、気が遠くなるくらい、ずうっと。

ぼくは、やっぱり、じっと、おとうさんの傍らに座っていた。

でも、それでよかった。ぼくは、ただ、そうしていたかった。

ずっと、ずっと、おとうさんのそばで。……いつまでも。


夕日が完全に水平線の向こうにかくれてしまう、ほんの少しまえ。

おとうさんとぼくは、レストランを後にした。

ぼくたちを乗せたワゴンは、うなりを上げながら、いままで通り、南へ、南へと向かって走る。明るいほうへ、もっと明るいほうへ向かっていく——はずだった。

ところが、突然、車は、海岸沿いの道をはずれた。海と反対側、山のほうへ向かって走り出したんだ。

あれ？　おとうさん、どうしたんですか？

海から遠ざかってますよ。

ぼくが窓から顔を出して海を探していることに気づいたのか、おとうさんは、「いいんだよ」とぼくに向かって言った。

「こっちでいいんだ。もう、おれの生まれ故郷へたどり着けるほど、ガソリンは残っちゃいない」

あたりは、うっすら暗くなってきた。いくつものカーブを曲がり、峠を越えた。ガタガタ、ガタガタ、車があやしい音を立てる。ぼくは、少しだけ不安になってきた。まっくらな山道を、ぼくたちを乗せたワゴンは進む。もう、どこを走っているのか、ぜんぜんわからない。ヘッドライトが照らし出すのは、うっそうとした森の風景。おいで、おいでと手招きしているような、不気味にざわめく木々の姿。

ガタガタ、ガタガタ、ザザザ、ザザザザザ。

車は大きく傾いて、草むらの中に吸い込まれていく。おとうさんは、歯を食いしばって、声ひとつ上げない。ぼくは、座席の上で必死に四つ足をふんばった。

キュルルル、プスン。キュルルル、プスン。

プスン……。

ぼくたちのワゴンは、それっきり、声を上げなくなった。ふっとヘッドライトが消え、いちめんの闇が押し寄せてきた。

「……どうやらここが、終点だな……」

暗闇の中で、おとうさんの声が聞こえた。ぼくは、鼻をくうんと鳴らした。怖かったわけじゃない。おとうさんの声がそんなに落ち込んでいなかったから、ちょっと安心したんだ。

「どこだ、ここは……野っぱらか？」

がちゃりとドアを開けて、おとうさんは外へ出た。ぼくも続いて、外へ出た。

そして、ぼくたちがみつけたもの。

「うわあ……見てみろよ、ハッピー。すごいぞ、こりゃあ」

夜空を見上げたおとうさんがみつけたのは、星。満天の、星だった。

ぼくたち犬は、視力が弱いから、細かい光は見えない。だけど、ぼくたちは感じることができる。星の輝きを。その遠さを。ぼくたちに降り注ぐ静かな光を。

漆黒の夜空を流れる天の川。無数に散らばる星くずたち。おとうさんは、星空に向かって両手を伸ばした。高く高く、突き上げた。指先が星に触れるくらいに。

「これ、星明かりか？　なんだか、明るいぞ。ほら、ハッピー、お前がよく見える。

なあ、おれが見えるだろ？　すごい、すごいぞ」

夜空とぼくとを交互に見ながら、すごい、すごいとおとうさんは夜空に向かって何度もほえた。なんだかぞくぞくするほどうれしくなって、ぼくもほえた。

星が降る澄んだ音が、しめった野原いちめんに、さらさらと聞こえていた。

おとうさんが「終点」と呼んだその場所は、明るくて広い野原だった。

ぼくがかくれてしまうほど、生き生きと伸びた草むらと、小さな花々が風に揺れる場所。

朝にはセミの声が響き、昼には太陽がまぶしい。夕方には涼風が吹き、そして夜には降るような星空が広がる。

そんな場所だった。

「しかし、この期に及んで、おれたちはツイてるぞ」

ぼくを連れて、あたりをさんぽしながら、おとうさんは言った。

「近くには、なんと、キャンプ場がある。水は確保できるし、食材をぽんと捨ててってくれる人もいる。さらには掲示板に『食用に適した植物、有害な植物』なんて情報まで貼り出してある。サバイバルには最高の場所じゃないか、ええ？」

おとうさんは、捨ててあったペットボトルに水をくみ、ゴミ箱の中から食べ残しの肉や野菜を拾った。古いナベやプラスチックの皿、コップやフォーク、いろいろと捨ててある。

「キャンプ場なんて、幸せな家族以外立ち入り禁止、の場所だけどな。その幸せのおこぼれにあずかって、いけるところまで……だ」

おとうさんは、日がないちにち、近くの小川に釣り糸をたれた。小魚が釣れることもあったし、ぜんぜんかからない日もあった。「いいのさ、一匹も釣れなくたって」とおとうさんは言った。

「焦るこたあない。今日がだめなら、明日があるさ」

ぼくたちは、ぼくたちの「庭」になった野原でも、食べ物を探した。おとうさんは野草やキノコを採ったり、ドングリやクリの実を拾ったりして、煮たり焼いたりして食べた。ぼくは小さな虫やミミズを掘り出して食べた。おなかいっぱいにはならなかったけど、こういう食事も悪くなかった。

おとうさんは、菓子箱の中から、あの「何だかわからないけど大事だと思っていた、ただのガラクタ」を取り出して、いまではテーブル代わりになった大きな石の上に並べて、いちにちじゅう、眺めていることがあった。縦に並べたり、横に並べたり、四角を作ったり、丸を作ったり。指先で拾い上げ、空に掲げて、サングラスに近づけたり、遠ざけたり。新しい遊びなのかと思って、ぼくはしっぽを振りながら、その様子をみつめていた。

「何もないとなあ。こんなものでも楽しくなってくるもんだな」

おとうさんは笑いながら、「何かの電池カバー」を取り上げて、サングラスに近づけながらつぶやいた。

「ゆーっくり考えると、なんとなく思い出してくる。……そうだ、これは、みくが初めておれにくれたプレゼントの一部だ」

父の日のプレゼントだった目覚まし時計……の電池カバー。おとうさんは、ほら、とその「ガラクタ」を、ぼくに差し出した。ぼくは、くんくん、と鼻を近づけてみる。

ああ、そうだったのか。

みくちゃんのにおいは、ここから漂っていたんだ。

「ガラクタじゃない。おれの、宝物だ」

かすれた声で、おとうさんはつぶやいた。

赤トンボの群れが、ひらひらと、野原を舞っている。

ぼくはそれを追いかけて、あちこち走り回った。おとうさんは、少し離れたところで、そんなぼくを見守ってくれている。

乾いた冷たい風が吹き始め、木々に茂っていた葉っぱをすごい勢いで落としていく。おとうさんは、それを集めて燃やした。そして、思い出したように、ポケットの中から免許証を取り出すと、火の中に放った。

誇り高き旅人にゃ、身元なんて必要ないさ。

そんなつぶやきが聞こえてきた。

枯れ枝を集めてきて、おとうさんは、どんどん火を燃やした。それから、太くて頑丈な枝を、車のナンバープレートの下に差し込んで、どうにかそれをはずした。はずされたプレートも、火の中に放り込まれた。数字が黒こげになって見えなくなるまで、おとうさんは根気よく燃やし続けた。

キャンプ場に出かけてみても、ゴミ箱は空っぽだった。おとうさんは、水ばかり飲んでいた。少しでも何か食べられそうなものをみつけると、

「冬になったら、食うものなくなるからな。いまはできるだけ、がまんしよう」

自分に言い聞かせるようにして、ワゴンの後ろの席の袋にとっておくようにしていた。

おとうさんは、髪の毛とひげが伸びきって、すっかりやせて、別人のような身なりになった。ぼくも、やせて、首輪がゆるゆるになった。

空気は日に日にしんと冴えわたり、冷たくなっていく。おとうさんは、「寒いな……」と力なくつぶやいた。そして、ぼくを抱きしめて、言った。

「お前は、あったかいな……」

はい、おとうさん。

あったかいです。おとうさんも。


雪が降った。

こわいくらいの静けさが訪れた。雪は、世界中のすべての音を吸って、そのまま封じ込めてしまっているみたいだ。

雪が降り始めたとき、ぼくは、その中を走り回って遊んでみたい気分にかられた。だけど、となりにいるおとうさんには、もうそんな元気はないようだった。ぼくは、じっとがまんして、その日もひたすらおとうさんのそばに寄り添うことに決めた。

やがて、おとうさんの中から奇妙な音が聞こえ始めた。ざわざわ、ざわざわ、とてつもなく不吉な音が。

おとうさんは、はあはあ、はあはあ、苦しそうに息をつないでいる。あの「嵐」がきたのだ。

おとうさん。

おとうさん、だいじょうぶですか。ああ、どうしたらいいんだろう。

ぼくは、ぼくは……なんにもできない。

ほんとうに、ぼくは無力だった。やっぱり、おろおろして、鼻を鳴らして、おとうさんの汚れた手やひげだらけのほっぺたをなめることくらいしかできなかった。

「大丈夫だよ……」

おとうさんは、ぜいぜいとのどを鳴らしながら、ぼくの頭をなでてくれた。

おとうさんの手は、まほうの手なんだ。どんなにぼくの中で不安がふくれ上がっても、この手でなでられると、たちまち、ぼくは安心する。

おとうさんの手。タバコのにおいがほんの少し残る手。土まみれの、汚れた、硬くてぶ厚い、しわだらけの手。

世界でいちばん大好きな手。

おとうさんの手は、ゆっくり、ぼくの頭をなで続けてくれた。そうされるうちに、だんだん、ぼくは落ち着いて、静かに降り積もる雪になっていくみたいだった。

おとうさんの中の嵐が、少しずつ遠ざかっていくのがわかる。あと少し、もう少しで、いつものおだやかな空がかえってくる。

嵐が通り過ぎるまで、通り過ぎたあとも。

ぼくは、おとうさんのそばにいる。

おとうさんも、そばにいてくれますよね。こうして、ぼくの頭をなでてくれますよね。

おとうさん……。

やがて、雪がやんだ。

野原は、いちめんの雪景色に変わっていた。

雪は、いっさいのもののかたちと、すべての音を奪い去った。静けさだけが、風景を作り上げていた。

おとうさんの中の嵐は、どうにか通り過ぎたようだった。ぼくは安心して、おとうさんにぴったりと体をくっつけた。

おとうさん。

雪がやみましたよ。ふかふかの、雪の野原のできあがりですよ。

ぼく、ちょっと遊びたい気もします。だけど、おとうさんがここにいるなら、どこにも行きません。

だって、約束だもの。ずっと一緒にいるって。

痛いくらいの静けさの中で、とくん、とくんと音がする。これは、おとうさんの心臓の音。そして、ぼくの心臓の音。

ふたつの心臓の音だけが、とくん、とくん、とあたたかく響いている。

おとうさんとぼくは、冷えきった車のシートを倒して、雪雲におおわれた空を見ていた。雲は風に流されて、空が切れ切れに現われ始めた。あたりは、ひっそりと暮れていく。

やがて、雪原は、夜の闇に包まれた。

初めて見る、不思議な光景だった。真っ暗なのに、ほのかに明るい。雪におおわれているからだろうか、ぼくたちは、静かな光の海の中に浮かんでいるようだった。

ふう、とおとうさんがためていた息を放つのが聞こえた。ぼくは頭を上げて、おとうさんを見た。

いつのまにか、おとうさんは、ここのところかけっぱなしだったサングラスをはずして、フロントガラスの彼方に視線を泳がせていた。遠い目をしていた。はるか遠くにはぐれてしまった思い出を探しているような。

「なあ……ハッピー。今日は……星が、たくさん……出とるんだろう?」

とぎれとぎれに、おとうさんはつぶやいた。

「おれは……おれの目は、もう……よく、見えんが……もう、何も……見えんのだが……」

　ひとつ、言葉を口にするたびに、苦しそうな吐息が漏れた。ぼくは、くうん、と鼻を鳴らした。

「たくさんの……星の音が……聞こえる……」

　ぼくは、フロントガラスに広がる夜空を見上げた。

　いちめんの、星。おとうさんの言う通り、夜空は、息が止まるほど無数の星の輝きに満ちていた。

　おとうさんは、もう何も見えない、と言った。ぼくにだって、よく見えなかった。だけど、ぼくたちは感じたんだ。手が届きそうなほど近くにまたたく星々を。

　おとうさんは、全身で聞いているようだった。幾千万の星たちが呼吸する音を。

　ぼくもまた、聞いていた。流れ星が、いっせいに、空をゆきかう音を。

　やがて、おとうさんは、小刻みにふるえる上半身をどうにか起こすと、やせ細った右腕を、ぼくのほうへ伸ばした。そして、ぼくが座っている助手席のドアの取っ手をつかんだ。

　カチャリ、と乾いた音を立てて、ドアが開いた。切れるくらい冷たい空気が、すうっと流れ込んできた。

「さあ……ハッピー……行き……なさい……」

ひと言、ひと言、かみしめるように、おとうさんは言った。ぼくは、意味がわからなくて、首を傾げておとうさんを見た。

はあはあ、はあはあ、おとうさんは、息をつないでいる。けれど、それはもう嵐ではなく、静かな風のようだった。

おとうさんは、一本の樹。いまはもう、風にさからわず、ただ身を任せて、ゆらゆら揺れる樹だった。森のほとりにひっそりと立つ、凜《りん》としてうつくしい白樺《しらかば》のような。

おとうさん……？

おとうさんの手が、ぼくの頭に触れた。ぶるぶるとふるえる手が、ぼくの頭を、二度、三度、くしゃくしゃとなでた。

……ありがとう……

ずっと遠くで、流れ星が落ちた。

おとうさんは、そのまま、眠りに落ちた。

満ち足りて、幸せそうなおとうさんの寝顔。
やすらかな眠り。長い、長い眠りの始まりだった。

木々が芽吹くにおいがする。

すぐ近くに、鳥たちのさえずりが聞こえている。

春がきた、とぼくの中の時計が、目覚ましのベルを鳴らしている。

ぼくは、眠ってしまったきり、すっかり冷たくなってしまったおとうさんから体を離すと、おそるおそる、ドアのすきまから外へ出てみた。

ああ、いいにおい。

すべてのものがいっせいに目覚める、春のにおいだ。

雪がすっかりとけた大地には、うっすらと草が萌《も》えている。ぼくは地面に飛びついて、夢中で掘った。そして、冬眠から目覚めたばかりのミミズやカエルをつかまえて食べた。それらは、ほろ苦い春の味がした。

おとうさん、おとうさん！　起きてくださいよ！

春ですよ。春がきましたよ。

ぼく、たいくつですよ。さんぽに行きましょうよ！

ぼくは、そこいらじゅうをうろついては、車に戻って、眠り続けているおとうさんをいっしょうけんめい起こそうとした。冬があまりにも長くて、寒くて、おとうさんはすっかり疲れてしまったんだろう。ぼくがどんなになめても、引っ張っても、ちっとも起きる気配がなかった。

ぽかぽかと春の陽気が野原に満ちている。車の中もあたたかくなり、やがて、おとうさんはものすごくくさいにおいを放ち始めた。

さびしいとか悲しいとか、幸せだとか、もう、そういうのを完全に超えた強烈なにおい。そのにおいに包囲されたおとうさんは、変わり果てた姿になってしまった。

こんなになっても、まだ起きてくれないなんて……。

このままじゃだめだ。なんとかおとうさんに、目を覚ましてもらわなくちゃ。

ぼくは、キャンプ場へ出かけた。そして、ゴミ箱で、食べ残しの菓子パンをみつけた。ぼくは、すぐにでも食べたかったけど、がまんしてくわえると、いちもくさんに、ぼくたちの「家」へ駆け帰った。

おとうさん！　今日はご飯がありましたよ！

さあ、起きてください。食べてください。

ほら、これ、「チョココルネ」。いつか、あの子に買ってあげたやつですよ！

食べて、おとうさん！　元気になって！

おとうさん！

ぼくは、菓子パンをおとうさんのそばに置いて、おとうさんに向かって、何度も何度もほえた。だけど、やっぱり、おとうさんは、ぴくりとも動かない。

ぼくは、心底、がっかりした。つまんない、と思った。

さんぽにも連れていってくれないし、話しかけてもくれない。

せっかく、春がきたのに。

ひらひらと、蝶々が舞う。ぼくは、ひとりでそれを追いかける。風に揺れる花々。

ぼくは、ひとりでそのにおいを吸い込む。

ぼく、ひとりぼっち……じゃないよね。

おとうさんが、一緒にいるんだ。

おとうさんは、ちょっと長い眠りについているだけ。なかなか冬眠から目覚めないだけなんだ。

ぼくは、ひとりじゃない。

ひとりじゃないんだ。

朝と昼と夜、いちにち、またいちにちが過ぎた。

春が過ぎ、夏がきた。あたりいちめん、セミの声。

夏がゆき、秋になった。赤トンボの群れがススキの上をかすめて飛ぶ。耳鳴りみたいな虫の声、落ち葉が風に舞い上がる。

そして、雪。

どこまでも降り積もる雪の中を、ぼくは、とぼとぼと歩いていく。

どうしようもなく、おなかがすいた。どうしようもなく、寒かった。

だけど、どんなことよりもつらかったのは、おとうさんが眠ったままでいることだった。

ぼくは、さびしかった。悲しくて、泣いてしまいそうだった。だけど、泣くことはできなかった。

だって、犬に許された、たった一度きりの「泣くさだめ」を、ぼくはもう、体験してしまったから。

あの夏の日。ぼくは、おとうさんと「もう会えない」と思った。いちばん好きな人間と別れるときにだけ、ぼくらは、涙を流さずに泣くことができる。だから、ぼくは、あのとき、思い切り泣いてしまった。

だけど、おとうさんは、帰ってきた。ぼくとの約束を守ってくれた。いつまでも、どこまでも、ずっと一緒にいる、という約束を。

だから、こうしていまも、ぼくと一緒にいてくれるんだ。

ぼくは、泣いたりしない。

おとうさんとぼくは、いまも一緒にいるんだもの。

そうして、もうひとたび、春がきた。

ぼくはもう、すっかりとしをとってしまった。

首輪はゆるくなって、はずれてしまった。あちこちの毛が抜けて、すごくくさいのがわかる。反対に、おとうさんは、ずいぶんすっきりして、なんのにおいもしなくなった。

地面を掘り起こして、ミミズやカエルをむさぼる。だけどもう、味なんて感じられない。

太陽が高々と昇り、そよ風が吹く。でも、あたたかさも、心地よさも、なんにも、もう、ぼくには感じられなかった。

ふと、どこからか、いいにおいが漂ってきた。

ずっと遠くで、肉を焼く香ばしいにおいがする。ふらふらと、誘われるようにして、ぼくは、キャンプ場のほうへ引き寄せられた。

誰かが、バーベキューをしている。肉の焼ける音、炭火のけむり。楽しそうな、家族の笑い声。

ああ……あれは。

あそこにいるのは。

お……おとうさん。おかあさん。……みくちゃん。

ぼくは、思わず、駆け出した。

おとうさんっ。

おかあさんっ。みくちゃんっ。

「きゃあっ！　何、この犬⁉」

女の人の悲鳴が聞こえた。おかあさんの声じゃなかった。だけどぼくは、突進するのを止められなかった。

「やだあっ、こわいよ、パパ！」

「野犬だ！　危ない、下がってなさい！」

えっ？

ひゅっと風を切る音がして、何かが飛んできた。次の瞬間、ぼくの顔に大きな薪《まき》がぶつかった。

目の中で、火花が弾けた。ぼくは、叫び声を上げて、その場にひっくり返った。

「この野良犬！　あっちへ行け！」

がつん、がつんと何度も体じゅうに衝撃が走る。ぼくは、なき叫びながら、地面をのたうち回った。

どうして。

どうして人間が、ぼくにこんなことをするの。

おとうさん。教えてください。

ぼくは、ぼくはもう……。

ぽつり、ぽつりと血がしたたる。ぼくの目はつぶれ、口の中は血の味でいっぱいだった。ぼくは前足を引きずり、しっぽを重たくたらして、どうにか歩き始めた。ぼくたちの「家」目指して。

ああ……疲れた。

ぼく、すっかり疲れちゃいました。

おとうさん。……ねえ、おとうさん。

ぼくも、眠っていいですか。

おとうさんのとなりで、一緒に夢をみていいですか。

ぼくは、力を振りしぼって、ぼくの席によじのぼった。やせ細ったおとうさんの肩に、そっとアゴをのせる。そのまま、半分目を開いて、フロントガラスの向こうに夜がやってくるのを、静かに待っていた。

今夜もまた、星が降る。

その瞬間を、ぼくは待った。

いちめんの星。音もなくゆきかう流れ星。またたく春の星座たち。

そのまんなかに、浮かんでいるのは――。


ハッピー。


すぐ近くで、ぼくの名を呼ぶ声がした。たまらなくなつかしい声が。

ぼくは、うっすらと目を開けた。いつのまにか、ぼくは、眠っていたんだ。

あれ……ここ、どこだろう。ぼくたちの「家」の中じゃない。

たまらなく心地のいいところだ。初めておとうさんとであった、ふわふわ、いいにおいのする「はこ」の中、みたいな。

それでいて、どこまでも広い、海のような、野原のような。

そのとき、ふっと、鼻先をくすぐるタバコのにおいがした。

あ……。

ぼくは、顔を上げた。ぼくの目の前に、おとうさんが立っていた。

お……おとうさん！

わあっ、とぼくは叫んで、おとうさんめがけて突進した。おとうさんは、ぼくをしっかりと抱きとめてくれた。

おとうさん、おとうさん、おとうさん！

やっと起きてくれたんですね、おとうさん！

ぼく、待っていました。ずっと、ずっと、待っていましたよ！

おとうさんは、笑いながら、ぼくの頭をなでた。くしゃくしゃと、何度もなでてくれた。

おとうさんの、まほうの手。タバコのにおいのする、ぶ厚くて、やさしい手。

ぼくの大好きな、手。

『よしよし、すまなかったな。ずいぶん待たせちゃって』

ぼくは、おとうさんの大きな顔をなめた。ぶ厚い手をなめた。さびしい味も、悲しい味もしなかった。おだやかな、やさしい味がした。

『よし、じゃあ行くか』

そう言って、おとうさんは立ち上がった。ぼくは、しっぽを振って、それにこたえた。

さんぽですか、おとうさん！

おとうさんは、ふふっと笑った。そして、もう一度、ぼくの頭をくしゃくしゃとなでた。

『……みたいなもんだ』


そうして、おとうさんに連れられて、ぼくは、最後のさんぽに出かけた。

ぼくたちの行き先は、あの星空。

おとうさんとぼくは、これから、星々のあいだを巡る旅をするんだ。

いつまでも、どこまでも。

ずっと、一緒に。

ひまわり

いつものようにスーパーカブにまたがって出勤した私を待ち受けていたのは、警察からの一報だった。

私の勤務先である福祉事務所の毎朝いちばん乗りは、入所三年目の後輩、吉崎《よしざき》君だったが、彼がデスクに着くやいなや、電話が鳴ったという。

「奥津《おくつ》さんに至急相談したいってことだったんですけど……なんでも、キャンプ場の近くの原野にあった放置車両の中から、身元不明の男性の白骨体がみつかったそうなんですよ」

ぞっとするの半分、好奇心半分、という面持ちで、吉崎君が告げた。

「こういうのも、僕らの役目なんですね……身元不明の遺体を引き取って弔ったりするのも」

ようやく仕事ぶりが板についてきた彼だったが、ケースワーカーの仕事の幅広さ、奥深さを、まだまだ学んでもらわなければならない。「行くかい。君も?」と念のため訊《き》くと、「いや、僕は、ちょっと……」と尻込みしている。

「なんだい。さっきまで、興味津々、って顔してたぞ」

「僕はほんの新参者ですから。お任せしますよ、奥津先輩」

私は、ヘルメットを再びかぶると、カブに乗って警察へと出向いた。後輩を茶化してみたものの、実際は、心臓が転げ落ちはしまいかと思うほど、胸の裡《うち》がばくばくと波打っていた。

キャンプ場近くの、原野。

そこに放置されていた車中で発見された、白骨体。

間違いない。それは、きのう、私が出先の電光掲示板で偶然目にしたニュースそのものだった。

ということは、男性の遺体のそばには、犬の死体もあったはずだ。

男の遺体は死後一年以上。一方、犬のほうは死後三ヶ月程度。

死亡時期が異なる、人間と犬の死体――。

まさか、自分が弔うことになろうとは。

私は、たまたま出かけた見知らぬ町で、信号待ちのわずかなあいだに目にしたニュースに、不思議なくらい強く引き込まれたのだ。

身元不明の男性のほうではなく、先に死んでしまった飼い主のそばを離れなかった忠犬のほうに、興味をかき立てられたのは確かだった。

もう三十年近くまえに死んでしまった私の老犬のことなども思い出して、胸が熱くなったりもした。

男と犬は、どうして、そんなところで人生を終えたのだろう。

そんなことをつらつらと考えながら、きのうは家に帰りついた。そして、そうしようとは特に思ってもいなかったのだが、庭先にある私の犬、バンの墓の前にしゃがんで、両手を合わせたのだった。

こんな歳になっても、私は相変わらず気まぐれで、ときどき思い出したときにだけ、バンの墓前で手を合わせる。それでも、気のいいあいつは、私がやってくるのを喜んでくれるだろうと思っていた。

今朝、警察からの一報があったと聞いたとき、まるで、そうしてやってくれ、とバンに言われたような気がした。身元不明のひとりと一匹を、どうか弔ってやってほしい——と。

「いや、すんませんね。わざわざ出向いてもらっちゃって」

警察の応接室に通されると、二十年来の顔見知りの警察官が、書類を片手に、さっそく説明を始めた。

M町キャンプ場近く、林道わきの原野にあった放置車両で、四十代から五十代の男性の白骨死体を発見。死後一年から一年半経過。死体検案の結果、衰弱死とみられる。免許証や財布など、身分を示すものは一切なし。車はナンバープレートが外され、車体番号も削られていた。

「まあ、車上生活者の行き倒れですな」

警察官は、湯呑みの茶を啜《すす》って言った。

「どこから流れ着いたかわかりませんがねえ。この男も、奥津さんのとこに相談にいってりゃあ、こんなことにはならんかったでしょうに……」

私は指先で小鼻をちょい、と掻いてから、

「あの……近くに、犬の死体もあったんですよね？」

そう訊いてみた。警察官は、おや、という表情になった。

「どうしてご存知で?」

「いや……きのう、偶然、ニュースを見たものですから」

ふむ、と警察官は両腕を組んだ。

「おもしろいもんです。マスコミも、そっちのほうに反応したみたいですよ。これが身元不明の男の白骨体だけだったら、さして興味も引かれなかったでしょうなあ」

おそらくは飼い主の死が理解できず、彼が起きてくるのをずっと待っていた犬。忠犬の話に日本人は弱いんですよ、と警察官は笑った。

「犬はいつだって、待ってますからね。うちのもそうです」

私は、警察官を見て、「犬、飼っておられるんですか」と尋ねた。

「ええ。十五歳の雑種で、もうよぼよぼですけどね。私が帰ってくると、犬小屋からよたよた出てくるんですよ。カミさんより先に迎えてくれるんです。おかえり、って」

私は、思わず微笑んだ。警察官は、照れ隠しなのか、急に書類をあちこちめくりながら、

「ええと、遺体は署に保管してあります。いつでもお引き取りいただいて結構です。車はちょっとレッカーが難しい場所なんで、まだ現地ですね」

「犬のほうは？」

「車内を調べるときに片づけたようです。故人には気の毒ですが、犬まではこちらで保管できないんでね」

事務的に結んだ。

私は、事務所へ戻ると、さっそく弔いの手配をした。付き合いのある葬儀社に依頼し、早々に遺体を引き取ってもらう。諸手続きをし、火葬は五日後。遺骨はその後一年間、火葬場で保管する。その間に身元が判明すれば遺族のもとへ返し、身元不明のままなら無縁仏になる。

男性のほうは、そういうことだ。そして、犬のほうは……。

昼休みになってから、「ちょっと出てきます」と告げて、私は事務所を後にした。スーパーカブで、キャンプ場までは三十分ほどだ。何かに突き動かされるようにして、放置車両が残されている原野まで行ってみよう、と思い立った。

梅雨が明けたばかりのさわやかな夏空が広がっていた。ぜいぜい息を切らせるようにして、カブは峠の道を駆け上がり、一気に下った。林道わきにバイクを停めると、あとは原野の中へ、元気よく伸びた夏草をかき分けながら踏み入った。

そのワゴン車は、林を抜けた先にある、広々とした野原の真ん中に打ち捨てられていた。私は、誰かが潜んでいるはずもないのに、自然と足音を忍ばせて、用心深く近づいていった。

車のドアは開け放たれていて、中はもぬけの殻だった。

車のすぐ近くに、草がむしられてこんもりと土が盛られている小塚がある。忠犬が埋められている場所に違いなかった。私は、その場にしゃがみ込むと、小塚に向かって両手を合わせた。

ふと、助手席の下に小さな白い紙切れが挟まっているのが目に入った。私は、シートの下に手を差し入れて、その紙切れを引っぱり出した。

リサイクルショップの買い取り証。

「やれやれ」と、私はひとりごちた。

「ひと仕事増えたな。これを調べれば、身元がわかってしまうじゃないか……」

古物営業法、第十六条。取引相手の帳簿記載義務……。乱読家の私は、町立図書館

の蔵書を半分近く制覇している。だから、いかにも人生に関係なさそうな、そんな雑学の知識をたんまりと蓄えているのだ。

さっそく、リサイクルショップに電話を入れてみる。予想はしていたが、個人情報なので電話ではお答えできません、ということだった。

こうなったら、行ってみるしかない。

翌日から三日間、私は有給休暇をとることにした。そのリサイクルショップがある町は、かなり遠くの町だった。車で往復するのには、少なくとも三日はかかるだろう。

現場から事務所へ戻り、吉崎君に事の次第を説明すると、

「なんでそんな遠いところまでわざわざ行くんですか？　しかもあのポンコツ……じゃなくて、クラシックカー的な車で？」

すっかりあきれている。書面で照会依頼すればいいのに、と。

もちろん、そんなことくらいわかっていた。けれど、書面で照会依頼すればもっと時間がかかってしまう。男の遺体を荼毘《だび》に付すのは五日後だ。それまでに身元がわかるものなら、ひょっとして親族に知らせることもできるかもしれない。

身元不明者の親族がみつかって、火葬場に駆けつける確率は、一パーセントもない

かもしれない。それでも私は、あきらめたくなかった。
翌朝、私は、相棒の日産ブルーバード1200に乗り込んで、走り出した。
おそらくは、男と犬がやってきた道を逆方向に。
海を右手に見ながら、北へと。
こうして、私と相棒の「旅」が始まった。

築五十八年になる我が家の庭の前には、いちめんのひまわり畑がある。

もともとはじゃがいも畑だったのを、ある日突然、祖父がひまわり畑に変えてしまったのだ。

私が物心ついたときには、すでに祖父母のもとで暮らしていた。私の両親について、祖父母は多くを語ってはくれなかった。小学三年生になったとき、初めて「事故で死んでしまったんだよ」と教えてくれた。

私は、その事実をどう受け止めてよいかわからず、結局、そのまま胸の奥にしまっておくことにした。そしてときおり、自分にも父と母がいたのだ、他の子供と同じように、と思い出して、また胸の中にそっとしまい込むのだった。

あれは、私が、小学四年生のときだった。

ある朝、ものすごい地響きで目を覚ました。地震か、怪獣の襲来かと、びっくりして跳ね起き、大あわてで祖母の寝室へ駆け込んだ。すると、そこには、にこやかな表情でベッドに横たわる祖母と、ものすごい形相で壁に向かって斧《おの》を振り下ろす祖父がいた。あまりにもシュールな光景に、私は、祖父と祖母のどちらにも近づけずに立ち尽くした。膝ががくがく笑っていたのを、いまも覚えている。

「ああ、京介《きょうすけ》、おはよう。起こしちまって、悪かったな」

祖父は、額の汗をタオルで拭《ぬぐ》って、すごい形相を笑顔に変えて、自分が何をしようとしているのかを教えてくれた。

「ここに、テラスをこしらえようと思ってな。それから、そこのじゃがいも畑を潰して、ひまわりをいっぱい植えるんだ。どうだ京介、いいアイデアだろ?」

祖母は、ベッドの中で、ふふふ、と楽しそうに笑い声をたてた。

「ねえ、京介。ひまわりはね、私のいちばん好きな花なのよ。おじいさんが言うには、私がここに寝転がって、夏のあいだじゅう、ずうっとひまわりを楽しめるようにしてくださるんですって。すてきな計画でしょ?」

突然のことに、私はただただびっくりしたが、祖父と祖母、両方の顔を交互に眺めて、うんうん、と急いでうなずいてみせた。

「すごい。いいアイデアだと思う」

「そうだろう。それじゃあ、もうひとがんばりだ。せえの」

ドスン、と斧が振り下ろされる。祖父は本気だった。工務店を呼ぶまでもなく、見事にテラスを作り上げてしまった。

祖父は、その前日、病院で祖母の病名と余命を告げられ、いてもたってもいられなくなって、あのような行為に出たのだった。私がそうと知ったのは、もっとずっとあとになってからのことだが。

その夏、金色に輝く幾多のひまわりが、テラスの前を埋め尽くした。祖父の計画通り、祖母は、ベッドに横たわり、その夏じゅう、明るい花々を眺めて過ごした。

そして、夏が終わるのを待っていたかのように、祖母は、静かに息を引き取った。

祖父は、最後まで咲き残っていたひまわりの花を一輪、切り取ると、空っぽになった祖母のベッドにそっと置いた。それから、私の肩を抱いて、テラスに佇《たたず》んだ。

私たちは、悲しみに沈むように頭を垂れるひまわり畑を、いつまでも眺めていた。

いつまでも、いつまでも。

気の遠くなるほど、ずっと。

祖父母が遺してくれた、やたら風通しのいい古い家。そこで、私は気楽なひとり暮らしを営んでいる。

吉崎君に「クラシックカー」と呼ばれてしまった一九六四年生まれのブルーバードが、いまの私の相棒だ。走らせすぎると壊れてしまうけれど、走らせないと調子が悪い。週に一度の図書館通いに使うぐらいがちょうどいい骨董品だ。

私の趣味は、この旧車の修理と、読書。冒険にあふれた人生も、甘い恋愛も、刺激的な日常も、そして普段の生活にはあまり役に立たなさそうな雑学のあれこれも、すべて「本」の中にある。

掃除に洗濯、日々の料理。おんぼろな家のメンテナンス。そして、夏になれば、毎年几帳面に咲いてくれる、いちめんのひまわり畑の世話。

私には、これでもう十分。満たされたひとり暮らしだ。

そう言えば、いかにも気ままで浮世離れした生活のように聞こえるかもしれない。

けれど、生きていく上で直面するさまざまな不都合なことなら、職場に行けば山積みなのだ。高齢者、低所得者、母子家庭、被虐待児童。世の中のさまざまな不都合なことを、なんとかするのがケースワーカーの仕事なのだから。

とはいえ、なんともならないことも多い。気の毒で、申し訳なく思うこともよくある。しかしながら、当人にとってはどんな一大事でも、福祉事務所の報告書にまとめて綴《と》じてしまえば、図書館に並ぶ本の一冊と同じであるのは、事実なのだ。

ひとつのケースに引きずられてとらわれてしまうより、事務的にでもすみやかにこなしていくほうが、結局、多くの人のためになる。

それが、三十年近くこの仕事に携わってきた者としての、私なりの持論だった。

それなのに。

なぜだか、私はいま、身元不明の「男」と「犬」の足跡をたどって、海辺の道を、北へ、北へと走っている。私が動いたところでどうにもならないだろうひとつのケースに引きずられて、こうして、ひとりと一匹の過去をさかのぼろうとしている。

いや、引きずられて、というのは正確じゃない。引き寄せられて、といったほうが、しっくりくる。あるいは、気になってじっとしていられない、というべきか。

彼らが走ったであろう道を走り、彼らが感じたであろう潮風を感じている。彼らが眺めたであろう水平線を、右手にはるばると眺めて。

どうしてだろう、と私は自分に問いかけた。どうして、どこの誰ともわからない彼らのために、そこまでする？

私は、その自問に対する答えを、すでにみつけていた。

私はおそらく、憐《あわ》れで仕方がなかったのだ。行き倒れになってしまった男のほうが、ではない。見知らぬ土地に連れてこられ、廃車の中にひとりぼっちで置き去りにされた、犬の軀《むくろ》が。

犬とは、なんと憐れな生き物だろう。ひたすらに飼い主を愛し、付き従い、見向きもされなくなったとしても、人間の足音が自分のほうへ近づいてくるのをひたすら待っているのだ。

なぜ、そうまでして人間を待つのか。そうまでして、私たち人間を愛するのか。

私の犬もまた、そうだった。まったく良い飼い主ではなかった私を、ひたすらに待ちわびていた。

ただひたすらに、愛し続けてくれた。

祖母が死んでほどなく、祖父が、一匹の子犬を連れ帰ってきた。

「さあ、京介。今日からこいつは、お前の犬だ。世話をしてやりなさい」

少年の私は、躍り上がって喜んだ。子犬は、茶色のふかふかした毛皮に包まれ、きらきら光るビー玉のようなつぶらな瞳をしていた。私の腕に抱かれると、小さなしっぽを一生懸命に振って、しきりに私のほっぺたをなめた。生温かい舌の感触がくすぐったくて、私は声を上げげて笑った。

それは、まったく、絶妙な贈り物だった。

子犬のバンは、祖父と私、ふたりきりになって生じた家の隙間を、上手に埋めてくれたのだ。

私は、バンに、朝晩食事を与えた。風呂に入れてやった。ごしごし洗ってやり、タオルで拭いてやった。

毎日、散歩もした。学校が終われば一目散に駆け帰って、バンと一緒に出かけた。近所の野原へ、田畑のあぜ道へ、ときにはずっと遠くの林道まで歩いた。夕日に追いかけられ、白い小径《こみち》に長く伸びる影法師を追いかけて、私とバンは、どこまでも歩いていった。

バンは、私に付き従い、いつも私を追いかけてきた。私が学校から帰ってくると、庭先に飛び出して、ちぎれんばかりにしっぽを振り、いつも、どんなときでも、それが初めて会った瞬間であるかのように、精一杯喜んで迎えてくれた。

それなのに、私がバンをかわいがったのは、最初だけ。

少年だった私は、他のことに興味が移って、ほどなく犬のことなど放《ほ》ったらかしになった。もっとも、いまならよくわかる。少年とは、そういう生き物だ。ひとつのことに長らく執着できない、気まぐれで、ときに残酷な生き物なのだ。

一方、犬もまた、「この人だ」と決めた人間に付き従うことしかできない、そういう生き物だ。「この人」が自分を振り向いてくれるのを、「この人」が遊んでくれるのを、ひたすら待つ。気まぐれでもいい、自分に気持ちを向けてくれるのを待っている。

ごくたまに遊んでやると、それはもう、気の毒なくらい喜ぶ犬。

いつかきっと遊んでくれると、ボールをくわえて、澄んだ瞳を私に向ける犬。

私は、いつのまにか、バンのまっすぐな視線が苦しくて、彼を直視することができなくなっていた。

私は、せつないのだ。犬たちの、そういうところが。憐れなほどに人間を愛するまっすぐさが。

少年の頃、それに応えてやれなかった自分自身が。

だから、いま、こうして——ひとりと一匹の足跡を追いかけ、車を走らせているのだ。


途中、テラスのあるロッジ風のレストランで、ランチをした。

どこまでも吹き渡る潮風が心地よい。海辺のドライブの伴によかろうと持ってきたヘミングウェイの文庫本のページを開く。コーヒーを啜《すす》りながら、二、三ページめくったところで、閉じた。

あまり、ゆっくりしてもいられない。暗くなるまえに、目的地へたどり着かなければ。

私の相棒は、すこぶる機嫌がよろしい様子だった。ゆるやかにカーブする海岸線を、右へ、左へ、ひらりひらりとダンスするように車は加速した。ところが、いくつかのカーブをやり過ごしたところで、ガスン、と奇妙な音を立てて、ガタガタ、ガタ、減速し、エンジンルームから煙が噴き出した。

少々調子に乗りすぎた。海浜公園近くのパーキングに車を停め、エンジンルームの状態を見た。どうやら、パーコレーションのようだ。パイプ内のガソリンが熱さで気化して、ガス欠状態になったのだ。冷めさえすれば元どおりになる。

仕方がない。焦らずに、回復するのを待つとしよう。何しろ相棒は、私とほぼ同じ年齢なのだ。こういうときに、無理は禁物である。

防波堤の上に陣取って、私は海を眺めていた。目の前には海しかなかったから、ただ、漫然と眺めるほかなかった。けれど、こんなときに限って、持ってきた文庫本を読みたいとは思わないのが不思議だった。

太陽の光が次第に弱まり、西へとゆっくり傾いていく。斜陽をたっぷりと吸って、いっせいに拍手をするように、無限に連なってさんざめくさざ波が輝きを放つ。南風にざわめいていた海は、やがて夕凪を迎えて、おだやかに静まり返った。

こんなに何もしない時間を過ごすのは、ひさしぶりだった。

町にいれば毎日の暮らしがある。家にいれば際限なく家事があるし、職場にいれば仕事が引きも切らずにある。図書館や私の部屋には、読むべき本がまだまだたくさんある。気楽なひとり暮らしには相違ないが、私は、なんだかんだと自分を忙しさのただ中に置くように努めていたような気がする。

もう長いこと、私はひとりだった。ひとりきりで、生きてきた。

それは普通のことだったし、悲しいともさびしいとも思いはしなかった。あまりにも長いことひとりだったから、もはや「ひとり」を意識することもなくなっていた。

初めて「ひとり」を意識したのは、もう三十数年もまえのこと――。

私が十八歳のとき、祖父が脳卒中で急逝した。

庭先のひまわり畑で発見されたときには、もう冷たくなっていた。まったくあっけなく、言い残す言葉のひとつもなく、祖父は、私の前からいなくなった。

けれど――。

すべての血のつながりを失った私の傍らに、犬がいた。

通夜の弔問客がひと通り帰ったあと、かつては祖母の寝室だった部屋に設けられた祭壇の前で、私はひとり、膝を抱えてうなだれていた。胸がもやもやと塞《ふさ》いでいたが、気が張っていたのか、泣いてはいなかった。あまりにも突然過ぎたので、自分が天涯孤独になってしまったことに、まだ気づいていなかったと思う。

ふと、カリカリとサッシ戸を引っ搔く音がする。見ると、祖父がこしらえたテラスに、バンが訪れていた。のんきなことに、口にはボールをくわえている。

私は戸を開け、テラスに出ると、思いのたけ、バンを抱きしめた。

バンはしっぽをしきりに振って、私の頰をなめた。その拍子に、くわえていたボールがぽとりと落ちて、寂しい音を立ててテラスを転がっていった。バンはその後を追おうとしたが、私は彼を離さなかった。

そのぬくもりにしがみつきながら、私は悟った。

あの日、子犬を連れ帰った祖父は、このときがくるのを慮《おもんぱか》って、こいつを家族の一員に迎え入れたのだと。

その瞬間、私の中でいっぱいに膨れ上がった何かが、かすかに揺れた。それは、静かにこぼれて、あふれ出した。バンを精一杯に抱きしめながら、私は泣いた。

ひとりぼっちになってしまった私は、バンがいることをようやく思い出し、再び彼の世話をするようになった。食事を与え、散歩に出かけ、庭先で体を洗ってやった。

バンのほうが年をとってしまったので、ボール遊びをすることこそなかったけれど。あまり利口とはいえなかったバンは、なぜか星空を見上げるのが好きだった。犬は色盲なうえ、視力はごく弱い。だから、ほんとうのところは、星など見えていなかったかもしれない。それでも私には、バンが、星を追い求めて夜空を見上げているように思えてならなかった。

もの皆眠りについた夜半、庭先をのぞいてみると、バンが星空を仰いでいるのをみつけたものだ。そんなとき、私はサッシ戸を開けて、彼のとなりへ行き、ともに夜空を見上げた。お前はまるで「星守る犬」だな、と話しかけて。

「守る」っていうのは、「じっと見続けている」っていう意味だよ。つまり、「星守る犬」っていうのは、決して手に入らない星を物欲しげにずっと眺めている犬のことなんだ。

慣用句で、「高望みをしている人」のことを指す言葉らしい。手に入らないものなど、眺めているだけ無駄なのに、って。

私の言葉を聞いていたのか、バンは、ほんの少し首を傾げた。

それでもなお、星空を、飽かずに見上げ続けていた。

夜が明けた。

私は、結局、星空を眺めながら、車中で一夜を過ごした。不思議なほど快適で、深い眠りを得ることができた。

私の相棒は、すっかり調子を取り戻してくれた。しかし、ここまできたら、もう焦らずに行こう、と決めた。

再び、海を右手に見ながら、海岸線のゆるやかなカーブをいくつも過ぎた。そして、とうとう、そのリサイクルショップにたどり着いた。

リサイクルショップの店主は、私が「クラシックカー」で遠路はるばるやってきたことに、まず敬意を表してくれた。そして、私当人よりも、相棒のほうに大いに興味を持ったようだった。

「一種の職業病ですからね。ちょっと失礼。ほう、これはよく手入れをされてるな」

まるで古い友人に思いがけず巡り合ったかのように、うれしそうな顔で、車の外側と内側を丹念に眺め回した。

私たちは、さして大きくはない店内に入った。店主は、買い取り台帳をめくって、

「ああ、ありましたよ」と、すぐに男の名前を捜し出してくれた。

前田義男。東京都葛飾区××町。電話番号……。

「この人なら、よく覚えてますよ」

店主は言った。

「なんでも、すぐに犬の手術代が必要だとかで、ずいぶん切羽詰まった様子で」

「……犬の?」

私は台帳をみつめていた目を上げて、店主を見た。店主は、ええ、とうなずいた。

「買い取りには身元確認が必要なもんで、免許証の提示をお願いしたんですよ。そしたら……」

すみません。さっき、犬を病院に預けるときに、保険証代わりに免許証提出して、あわててたもんで、置いてきちゃいました。

「前田義男」は、文字通り真っ青になって、そう言った。

「あなた車で来たんでしょ、それじゃ無免許運転じゃないですか、って言ったら、言葉に詰まっちゃって……なんだか怪しいぞこいつは、まさか窃盗犯か、って、一瞬、

断ろうと思ったんですけどね」

店主は、ふと、「前田義男」の着ているポロシャツに視線を移した。

紺色のポロシャツ。いかにも洗濯していない感じで、すっかりよれている。そこに、無数の白い毛がついていた。

……犬の毛じゃないか。

そう気がついて、店主は「前田義男」の目を見た。一心に祈るような目だった。

「まっすぐだったんですよね、『前田さん』の目は。……あの目に、負けました」

そう回想して、店主は苦笑した。

一切合財、「前田義男」は売り払った。ワゴン車に積んでいたすべてのものを、店主に引き渡した。そんなものまで売っちゃったら後々困るんじゃないか、というものまで、何もかも。

すべては、犬の手術代のためだった。

私は、穴が開くほど買い取り台帳をみつめた。

「前田さん」本人が書いた、住所、氏名、電話番号。書きなぐられた文字。紙が破れてしまいそうなほど、急いで、焦って、力ずくで書きつけられた文字。

「それで、なぜまた、M町なんて遠くの福祉事務所で、この人の身元を確認しようとしているんです？」

店主が尋ねた。それは、当たり前の質問だった。電話で照会できないのなら訪ねるから教えてくれ、と言って飛んできたのだ。ただならぬことが起こったのだろう、と想像するのも無理はない。

私は、簡潔にまとめてことの次第を店主に説明した。M町キャンプ場付近の原野にあった放置車両の中で発見された白骨体。現地を検分したときに、この店の買い取り証を発見したこと。

私の説明に、店主は息をのんだ。しばらく絶句していたが、「そうですか」と静かに言った。

「……それで……犬は？」

自分の持ち物のすべてをなげうってまで、彼には、救いたかった命があったことを、店主は知っていた。私は、一瞬、まぶたを伏せた。

「やはり、一部白骨化して、発見されました。……一緒に」

店主は、言葉を失った。そして、もう一度、「そうですか」とつぶやいた。

「きっと……それで、よかったんですね」

店主の言葉が、私の胸の裡に、ふと灯火を点《とも》した。

それで、よかったんですね。

私は、顔を上げて微笑んだ。店主も、少しさびしそうな微笑を口もとに浮かべていた。


私と私の相棒は、再び、海沿いの道を走り出した。

今度は、海を左手に見ながら、南へ。来た道を、逆方向へ。「前田さん」と犬が、たどった道を、その通りに。

窓を抜ける潮風を浴びながら、彼らの「最後の」ドライブを想う。

もしかするとそれは、混じり物のない、結晶のような時間だったのかもしれない。

病気の犬を救おうと、必死になっていた「前田さん」。

彼が命を落とすまで——命を落としてもなお寄り添い続けた犬。

ひとりと一匹が、駆け抜けたひとすじの道。

私は、見知らぬ町の電光掲示板で、あのニュースを目にした瞬間から、ずっと心に募らせていた問いへの答えを、見出したような気がした。

すべてを失い、長い旅路の果てに、見知らぬ土地にたどり着いた彼ら。食べる物もなく、衰弱し、やがて死んでしまった人間と犬。

誰に見とられることもなく、ひっそりと、朽ち果てた植物のように打ち捨てられていた。

それでよかったのだろうか。彼らは、それで、幸せだったのだろうか。

その問いに、私は、ようやく答えをみつけた。

そう。それでよかったのだ。

彼らは幸せだったのだ。最期まで寄り添い、互いを思い、恐れずに愛したのだから。

私は、どうだろう。

幼い頃に両親を亡くした。祖母を亡くし、やがて祖父も亡くした。

愛すれば、別れがつらい。求めて、与えられれば、失うのがつらい。だから、誰かを愛することに臆病になった。

愛さなければ、傷つかずにすむ。望んでも得られないのならば、最初から望むまい。

そんなふうに、自分の中で、ブレーキを踏み続けていた。

私は、最後に残された家族である犬すらも、まっすぐに愛することができなかったのだ。

私は、私の犬に何をしてやったか？

馬鹿だな、私は。私は、もっと――。

もっと、恐れずに、愛すればよかった。

彼が、彼の犬をまっすぐに愛したように。

潮風が、目にしみた。視界がやたらににじんでしょうがなかった。私は、何度も何度も、手の甲で目をこすった。

フロントガラスには、息が止まりそうなほど真っ赤な夕焼け空が広がっていた。

その風景のさなかへ、私は相棒とともに、どこまでも走っていった。

「前田義男」さんは、私と吉崎君、ふたりのM町福祉事務所職員の立ち会いのもと、発見から一週間後に荼毘に付された。

「だから書面照会にすればって言ったのに」

お骨を拾い終え、骨壺に納めてふたをすると、その瞬間を待ち構えていたかのように、吉崎君が文句を言った。

「『前田義男』は偽名、住所も電話番号もデタラメ。三日もかけて往復して調べたのに、結局無駄足じゃないですか」

粉状になったお骨を少しばかり、私は事務所の茶封筒に入れた。吉崎君は、その様子を見ていたが、

「どうするんですか、それ」と訊いた。

「ん？　ああ、ちょっとね」

私は笑って、それを自分の書類鞄に入れた。後輩は、神妙な表情を作った。

「なあ吉崎君。『前田さん』って、そんなに不幸な最期だったと思うかい？」

ブルーバードに乗り込んでエンジンをかけてから、私は尋ねてみた。助手席の吉崎君は、なおも神妙な顔をしている。

「さあ……本人じゃないから、わかんないっす……」

私は笑った。

「それを言っちゃあ、どんな話だって終わりなんだけどさ」

「じゃあ、奥津さんは、どう思いますか」

私は、アクセルを踏みかけていた足の力を少し、抜いた。そして、言った。

「なんだかうらやましいぐらい、幸せだったんじゃないかな」

私の答えが意外だったのだろう、吉崎君は、不思議そうな表情を浮かべた。

「だからこそ、どこにも連れ戻されたりしたくなくて、身元も隠したんじゃないかな。……そう思わないか？」

吉崎君は、返事に窮したのか、小さくため息をついた。それを合図に、私は相棒のアクセルをゆっくりと踏み込んだ。

吉崎君を事務所で降ろすと、ちょっと立ち寄るところがあるからこのまま行くよ、と告げて、私は車を走らせた。

向かった先は、私の家だった。正確に言えば、私の家の庭先のひまわり畑。

七月の太陽を浴びて、今年もまた、ひまわりたちがいっせいに花開いていた。目を開けていられないほど、まぶしい黄金色。かすかな風が吹くたびに、こくりこくりとうなずくにぎやかな花々。

その中の一輪を、私は、剪定鋏《せんていばさみ》で、ぱつん、と切った。みずみずしい太陽の色が、そのまま私の手の中に移しとられた。

再び車に乗り込んで、エンジンをふかす。次の行き先は、あの野原だ。

元気よく伸びた夏草をかき分け、私は、彼と彼の犬の最期の場所を再び訪れた。

真昼の太陽にさらされて、朽ちた車両が静かにそこにある。いちめんの蟬時雨《せみしぐれ》が野原に響き渡っている。

こんもり盛られた土の傍らに立つと、私は、手にしていた茶封筒を、そっとその上に傾けた。さらさらと乾いた音を立てて、白砂のような彼の骨が小塚の周辺に舞い広がった。

私は、彼と彼の犬の、おそらくは幸せだった最期を想った。

私を慈しみながら逝った祖母を、私の未来を慮って犬を遺してくれた祖父を想った。

見えないくせに、届かないくせに、星を追い求めて夜空を見上げていた私の犬を想った。

望んでも、望んでも、かなわないから、望み続ける。ただ、それだけ。

人は皆、生きてゆくかぎり、「星守る犬」だ。

小塚の上に、一輪のひまわりを供えて、私はその場を後にした。

朽ちた車のまわりで、夏がきらめいていた。風が、明るい花びらを、かすかに揺らしていた。

あとがき

村上たかしさんのコミック『星守る犬』を手にしたのは、発売まもない平成二十一年夏のことだった。

その本は、たまたま立ち寄った書店のコミックコーナーの片隅で、不思議な光を放っていた。いま思えば、ほとんど運命的に、吸い寄せられるようにして買ってしまった、というほかはない。直感通り、言葉にできないほどすばらしいコミックだった。読み終えたあとに、私は、そんなことはいままで一度もなかったのだが、本を胸に抱きしめて泣いた。

私には、かつて、十一年間をともに暮らした犬がいた。その犬は、私が作家となって世の中に出ていくのを見届けると、安心したように逝ってしまった。愛犬を失うのと作家デビューの両方をいっぺんに体験した私は、以来、人間に一途に寄り添う犬という生き物を、物語の中で生かしてやりたい、と強く思うようになった。それが私にできる愛犬への弔いであり、犬という得難い相棒の存在を、私を含む多くの人間が忘れないように、との祈りでもあった。

犬が登場する小説やノンフィクションを数編、すでに上梓《じょうし》した私が、魅力的な絵柄とコマ運び、そして何にも増して深い物語性を持ったコミックを、小説にしてみたい、と思ったのも、運命的な直感に導かれたのかもしれない。

今年の一月末のこと、双葉社の文芸担当編集者と、来年開始予定の連載小説について協議していた。あれこれ話をするうちに、私は、打ち合わせまえにふと思いついた「突拍子もないアイデア」を打ち明けてみたい衝動にかられた。それは、ほんとうに突拍子もない提案だったので、思いっきり引かれてしまったらどうしよう、とかなり迷った。こんなことを書くと片思いの告白の場面そのものだが、それに近い切羽詰まった状態だったかもしれない。

そのアイデアというのは、『星守る犬』を小説にする、というものだった。なぜそんなことを思いついたのか、理由は三つある。第一に、私は自分の小説をコミック化していただくという幸運に三度も恵まれたので、コミックを小説化する、という逆の流れに大変興味があった。二番目に、私は美術館のキュレーターをしていたこともあり、クリエイターやアーティストの長所を引き出す、ということが得意だった。三番目に、この作品がとにかく好きだった。そして、私を突き動かす最大の力となったのは、三番目の理由だった。

意を決して「突拍子もないアイデア」を告げた私は、原作者の同意を得られるものならば、書き下ろして三月末までには仕上げる、とその場で啖呵を切った。ずいぶん威勢のいい提案に、編集者はさぞや驚いたに違いない。しかしながら、原作への私の愛情にただならぬものを感じたのだろう、すぐに編集部と営業部、そして原作者の村上さんに打診してくれた。結果は「大歓迎」だった。驚くべきことに、私の「突拍子もないアイデア」は、わずか三日のうちに現実のものとして動き始めたのだ。そして、二月上旬、映画『星守る犬』の初号試写のために上京された村上さんとお目にかかることができたのだった。

村上さんは、しみじみとした人間味あふれる方で、どこかしら「お父さん」と重なる不器用なやさしさをもっていた。私は、ご本人にお目にかかったら是非聞きたいと決めていた質問をした。「どうやってこの作品を思いついたのですか」と。そして得られたのは、意外な答えだった。「交差点で電光看板のニュースを偶然見た」――死後一年以上経過した男性の遺体と、その傍らに寄り添っていた犬の死体が発見されたというニュースを、村上さんは目撃したという。そして長いことそのニュースを胸にしまっておき、ストーリーマンガを初めて描く段になって、思い出したのだという。

そのエピソードに、創作の秘密と、村上さんのクリエイターとしてのインスピレーションのすべてがこめられている、と感じた。その瞬間に、私は決めた。私が書く小説では、このエピソードを冒頭にもってこようと。

コミックを小説にする、という作業は、まったくの初体験だったが、心躍る作業だった。行間ならぬコマ間を深読みしながら、社会的弱者に注ぐ原作者のあたたかなまなざし（それは『続・星守る犬』にも顕著に表われている）を、そこここに感じた。どんな人にも、いかなる人生にも幸せは訪れる。控えめに、けれどじんわりと、とても大切なことを原作は教えてくれる。それは、本作を書き進めるあいだに起こった未《み》曾《ぞ》有《う》の震災を体験した私たち日本人をささやかに照らし、導いてくれるメッセージであると強く思う。

本作の初校で、原作では「私の犬」とだけ呼ばれていた奥津の飼い犬に名前をつけたほうが親しみやすいのではないか、ということになった。迷った挙げ句、「バン」

と名付けた。理由は、やはり三つある。第一に、「夜空の番犬」という意味で「バン」。第二に、東日本大震災で三週間ぶりに救出され、無事飼い主のもとへと戻った犬の名前が「バン」。そして、かつて私の実家にいた犬の名前。私が高校生のとき、家庭の事情で庭のない家へ引っ越しをすることになり、そのときに飼っていた犬をどうしたものかと家族で話し合っていた。すると、それを察知したかのように、犬は忽然《こつぜん》といなくなってしまった。庭で放し飼いにしていたのだが、門扉をくぐり抜けて出ていったのだ。そして、戻ることはなかった。彼の名前は、やはり、バンだった。

本作を書くにあたって、小説化をご快諾くださった村上たかしさんに、心からお礼を申し上げたい。「漫画アクション」編集部の加納由樹さん、ご自身も犬をこよなく愛する営業部の川庄篤史さん、そして「突拍子もないアイデア」を受け止め、実現のために尽力いただいた文芸出版部の編集者、藪長文彦さんにも。

私たちもまた、星守る犬なのだ。

平成二十三年　桜の季節に

原田マハ

本作品は二〇一四年六月に小社より刊行された同名文庫の新装版です。

双葉文庫

は-26-03

小説《しょうせつ》 星守《ほしまも》る犬《いぬ》〈新装版〉

2022年3月13日　第1刷発行
2024年3月29日　第3刷発行

【著者】
原田《はらだ》マハ + ［原作］ 村上《むらかみ》たかし

【発行者】
箕浦克史
【発行所】
株式会社双葉社
〒162-8540 東京都新宿区東五軒町3番28号
［電話］ 03-5261-4818（営業部）　03-5261-4831（編集部）
www.futabasha.co.jp（双葉社の書籍・コミックが買えます）
【印刷所】
大日本印刷株式会社
【製本所】
大日本印刷株式会社
【カバー印刷】
株式会社久栄社

【フォーマット・デザイン】
日下潤一

ISBN978-4-575-52560-1 C0193
Printed in Japan

双葉文庫・好評既刊

奇跡の人　The Miracle Worker

原田マハ

盲目で耳も聞こえず、口も利けない少女の教育係として招かれた去場安。苦難を背負った少女と献身的な女教師の戦いを綴る感動傑作。

夜は不思議などうぶつえん

石田　祥

動物園の夜勤バイトで出会った先輩は動物と自分の中身を入れ替わることができるという。動物と人間の忘れられない夜を描いた感動作。